LA NOTTE DELLE STREGHE

UN GIALLO DELLE STREGHE DI WESTWICK

COLLEEN CROSS

Traduzione di
ALESSANDRA LORENZONI

SLICE PUBLISHING

Categorie: misteri familiari, maghi e streghe, gialli paranormali divertenti familiari, mistero familiare, misteri divertenti, donne investigatrici, investigatori amatoriali donne, investigatori privati donne, libri di misteri familiari, gialli, suspense, gialli best seller, detective al femminile

ISBN Tascabile: 978-1988272-54-2

Edito da Slice Publishing

ALTRI ROMANZI DI COLLEEN CROSS

Trovate gli ultimi romanzi di Colleen su www.colleencross.com

Newsletter: http://eepurl.com/c0jCIr

I misteri delle streghe di Westwick

Caccia alle Streghe

Il colpo delle streghi

La notte delle streghe

I doni delle streghe

Brindisi con le streghe

I Thriller di Katerina Carter

Strategia d'Uscita

Teoria dei Giochi

Il Lusso della Morte

Acque torbide

Con le Mani nel Sacco – un racconto

Blue Moon

Per le ultime pubblicazioni di Colleen Cross: www.colleencross.com

Newsletter:

http://eepurl.com/c0jCIr

LA NOTTE DELLE STREGHE : UN GIALLO DELLE STREGHE DI WESTWICK

I gialli delle streghe di Westwick

Luci, motore, assassinio...

Una compagnia cinematografica di Hollywood si reca nella piccola Westwick Corners per girare un film e la giornalista Cendrine West spera di ricavarne uno scoop. La sua famiglia di streghe desidera prendere parte alle riprese, ma gli intrallazzi con le star ben presto si trasformano in tragedia.

Mentre i cadaveri si ammucchiano più velocemente delle maledizioni in un convegno di streghe, gli indizi puntano tutti in direzione della famiglia magica di Cen. Niente li fermerà nella ricerca della fama soprannaturale, anche se questo implica ficcare il naso in una indagine per omicidio.

Le streghe hanno creato un caos di incantesimi e fornito al killer la possibilità di farla franca. Cen deve ricorrere alle sue risorse di giustizia soprannaturale per tenere sotto controllo la sua famiglia, ma riuscirà a fermare l'assassino prima che colpisca ancora?

Benvenuti tra i selvaggi, selvaggi West!

La notte delle streghe è per gli amanti del giallo paranormale, giallo per famiglie e storie di streghe bizzarre e divertenti.

Questo libro può essere letto come giallo a sé stante, ma se volete saperne di più sulle Streghe di Westwick e sulla storia della famiglia West potete iniziare dal primo volume: Caccia alle streghe.

CAPITOLO 1

$\mathcal{L}$e stelle del cinema possono essere personaggi irascibili ed esigenti. Solo che non mi sarei mai aspettata che zia Amber diventasse come loro. Non solo era una strega stimata; era anche solita darsi da fare come responsabile senior all'interno della Witches International Community Craft Association. La WICCA era la sua vita.

E invece la mia zia maniaca del lavoro aveva abbandonato la carriera per un ruolo da attrice. Non aveva mai espresso il desiderio di recitare e non le piaceva nemmeno andare al cinema, per cui l'idea che volesse prendere parte a un film di cassetta di Hollywood era illogica.

Tuttavia, in meno di una settimana aveva ottenuto il ruolo di protagonista in *Rapina di mezzogiorno*, il sequel del film di enorme successo *Rapina di mezzanotte*. E aveva anche convinto un produttore di grido di Hollywood a girare il film proprio a Westwick Corners. La nostra città quasi fantasma avrebbe certamente goduto di un vantaggio economico, ma non riuscivo proprio a capire perché avessero scelto una location così sgarrupata.

Non aveva senso. O la zia Amber aveva potenti agganci a Hollywood o si era affidata alla magia, oppure entrambe le cose. I dettagli erano ancora provvisori e io non avevo idea di chi fosse il protagonista a fianco di zia Amber, a parte il fatto che era di sicuro un attore famoso.

Perché qualcuno volesse attraversare tutti gli Stati Uniti fino allo Stato di Washington non ne avevo idea. Ma una cosa era chiara: il personale del film era davvero di Hollywood e se le cose fossero andate bene il film avrebbe nuovamente garantito a Westwick Corners un posto sulla mappa del mondo. I turisti sarebbero arrivati con i portafogli gonfi e la città sarebbe tornata in attivo.

Non avevo ancora visto zia Amber e perciò tutte le informazioni in mio possesso, avute da Mamma, erano di seconda mano. La zia era arrivata tardi la sera prima da Londra dove viveva. Invece di fermarsi a salutare era andata direttamente al camper che fungeva da camerino, in centro città. Poteva sembrare un po' strano, ma come era sua abitudine voleva essere subito sul pezzo.

La mamma e io avevamo trascorso tutta la sera a sistemare il bed and breakfast di famiglia, il Westwick Corners Inn, per gli ospiti in arrivo. Anche se eravamo streghe non potevamo evitare una certa quantità di lavoro manuale. Semplicemente non c'erano abbastanza ore nella giornata, o nella serata, in questo caso. Ero cascata nel letto verso l'una di notte ma mi ero rigirata in continuazione.

La mia mente era agitata mentre ripercorreva tutti i dettagli. Le camere erano pronte e la mamma aveva preparato i tavoli per la colazione. Io mi sarei aggirata intorno al set come una sorta di collegamento con la città, assicurandomi che i papaveri del cinema avessero tutto quello che gli serviva. Speravo anche di intervistare alcune delle stelle per il *Westwick Corners Weekly*. Ero l'editore del giornale, anche se fa più impressione il titolo della realtà. A dirla tutta, mi ero comprata il lavoro quando il precedente proprietario era andato in pensione. Ben presto avevo capito che si trattava di un giornale la cui diffusione era in calo e in ogni caso non era la migliore attività da intraprendere a quei tempi. Come amava dire zia Pearl, era semplicemente un giornale gratuito per gli amanti degli sconti.

Il suo commento faceva male ma era la verità: i miei affezionati cacciatori di sconti erano completamente disinteressati agli articoli che io scrivevo impegnandomi per ore. Pensare diversamente rasentava la follia. Il gruppo di anziani pensionati, in continua diminuzione, che acquistava il giornale voleva solamente i buoni sconto e i volantini delle svendite. Ma, almeno per ora, le entrate della pubblicità pagavano le spese e lo facevano restare a galla.

Il mio unico altro compito era tenere d'occhio zia Pearl. Era più facile a dirsi che a farsi. Zia Pearl odiava l'idea che i turisti venissero in città. Aveva anche una feroce rivalità con la sorella Amber e io speravo solo che per una volta sarebbero riuscite ad andare d'accordo.

Diedi un'occhiata all'orologio e vidi che mancava poco alle cinque di mattina. Mi sentivo come se non avessi dormito per tutta la notte ed era evidente che non sarei riuscita a riaddormentarmi. Ero davvero eccitata per il film. Sembrava troppo bello per essere vero. Doveva esserci di mezzo la stregoneria e temevo che da un momento all'altro l'incantesimo si spezzasse.

Indossai i jeans e una maglietta e uscii. Scesi dalla scaletta della casa sull'albero respirando l'umida aria mattutina. Mio nonno aveva costruito quella casa sull'albero anni prima, all'estremità del nostro terreno e accanto alla vigna. Era riservata e allo stesso tempo a poche centinaia di metri dall'edificio dove Mamma e zia Pearl vivevano al piano terra.

Tornai a pensare a zia Amber. Stava sicuramente combinando qualcosa, ma cosa? Forse stava solo cercando di aiutare gli affari portando il cinema a Westwick Corners.

O forse no. Non l'avevo mai vista fare qualcosa che non le portasse guadagno in qualche modo. Aveva già un ruolo nel film, quindi perché doveva venire a girare qui? Qualcosa mi frullava nel cervello ma non riuscivo ad afferrarlo. Zia Amber non si sarebbe allontanata dalla WICCA per nessuna ragione, a meno che non ci fosse di mezzo la magia. In ogni caso non c'erano segnali di pericolo o, almeno, io non ne vedevo.

Una strega più esperta avrebbe facilmente riconosciuto tracce di soprannaturale ma io ero piuttosto negligente riguardo gli incantesimi. Sapevo che avrei dovuto fare più pratica ma gli eventi della vita si mettevano sempre in mezzo. Soprattutto negli ultimi tempi. Con la storia tra me e Tyler che si faceva più seria, tutto il resto aveva perso importanza. Il pensiero del mio atletico fidanzato mi fece sorridere. Tyler Gates era anche lo sceriffo della città. E anche lui, quel giorno, sarebbe stato impegnato con tutta la gente del cinema.

Avevo intenzione di andare a trovare zia Amber nel suo camper, per vedere cosa riuscivo a scoprire. La locanda era buia e silenziosa quando ci passai davanti, i nostri ospiti non erano ancora andati a colazione. Lo avrebbero fatto entro qualche ora. Avevo tutto il tempo di controllare il set del film su Main Street.

Scesi la collina godendomi il silenzio del mattino presto. Era ancora buio e dovetti usare una torcia per trovare la strada lungo il vialetto fiancheggiato da alberi che serpeggiava giù per la collina. Arrivai sulla strada che portava in centro e mi diressi verso Main Street. Mentre mi avvicinavo vidi figure affaccendate che si muovevano avanti e indietro. Evidentemente lo staff del film era rimasto in piedi tutta la notte.

Le strade, abitualmente deserte, brulicavano di attività con gente che scaricava i camion, sistemava l'illuminazione e l'attrezzatura. I camper che servivano da camerini mobili erano parcheggiati davanti all'edificio di fronte alla banca. Perlustrai la strada in cerca della mia zia dai capelli rossi ma non ne vidi traccia. Immaginai che fosse sul camper.

Mi diressi verso il set, che tecnicamente occupava solo la parte centrale di Main Street. L'edificio a tre piani della banca, il più alto della città, ospitava la prima scena di *Rapina di mezzogiorno*. Ogni sorta di macchina da presa, luci e varie attrezzature erano sistemate intorno all'edificio e decine di persone correvano avanti e indietro.

Fare le riprese a Westwick Corners aveva di certo dei vantaggi. Gli edifici erano rimasti praticamente uguali da decine di anni. Il fatto è che non c'erano soldi per ristrutturarli o costruirne di nuovi. Main Street era piuttosto pittoresca, in un modo antico e dimenticato. Gli edifici trascurati mostravano ancora le stesse finestre e decorazioni della fine del secolo scorso. Le case sembravano ancora come allora, solo più rovinate. I turisti che venivano in città dicevano spesso che sembrava di tornare indietro nel tempo.

4

A parte che ora i mattoni erano stati ripuliti, le decorazioni in legno pitturate di nuovo e le insegne degli edifici erano del millenovecento. Anche l'asfalto della strada era stato coperto con qualche centimetro di sporco in modo da farla sembrare sterrata.

Tutto questo era successo durante la notte. Non riuscivo a credere che avessero fatto tutto quegli operai. Ero sicura che in qualche modo ci fosse di mezzo il tocco soprannaturale di zia Amber. Comunque, era successo e l'aspetto rinnovato della nostra città mi fece sorridere.

Le poche tracce di modernità erano state nascoste o rimosse. Sembrava che durante la notte fossero stati risolti i problemi economici della città quasi in bancarotta. Il film aveva ripagato bene gli edifici per le riprese e il cast e lo staff avevano portato soldi. Avevamo ospiti anche alla nostra locanda e ne beneficiava tutto il business della zona. Il film e il rinnovamento di Westwick Corners avrebbero portato di nuovo in attivo i conti.

Mi diressi al camper del catering di Mamma, parcheggiato a mezzo isolato. Era un furgone trasformato rapidamente con un pannello degli Anni Sessanta sul lato che riportava la scritta *Ruby's Burger*. Sotto la scritta c'era un bancone aperto che lasciava vedere all'interno una cucina completa in acciaio. Quando mi avvicinai si aprì la porta laterale e la mamma ne uscì.

Fui sorpresa di vederla qui in città e non alla locanda, ma qualche volta le streghe possono essere in due posti nello stesso momento. O, piuttosto, così può sembrare. Era un'illusione piuttosto efficace.

"Cen, hai visto Amber?" La mamma si spolverava via la farina dal grembiule a margherite che copriva la maglietta tinta a mano e i jeans sbiaditi decorati di perline. Si vestiva sempre come una hippy moderna ma qualche volta sembrava anche al passo con i tempi. Il suo senso della moda era del tutto casuale. Non buttava via niente e semplicemente le piaceva vestirsi in modo comodo.

Scossi la testa. "La stavo proprio cercando. Stavo andando a controllare nel suo camerino." Speravo anche di riuscire a capire dove fossero i camper delle altre star. Forse sarei riuscita a intervistare qualcuno prima dell'inizio delle riprese.

"Dille di passare di qua, quando riesce. Ho bisogno di qualcuno che guardi come vanno le cose per un po'." Era un messaggio in codice della mamma che indicava di tenere d'occhio zia Pearl in modo che non combinasse pasticci con le sue birichinate. Zia Pearl odiava i turisti, anche se portavano soldi alla nostra città. Questa cosa del film le avrebbe sicuramente dato sui nervi.

Anche se Mamma poteva essere in due posti allo stesso tempo, per così dire, pretendere che riuscisse a badare alla locanda, lavorare nel furgone del catering e tenere d'occhio zia Pearl era troppo. Anche con la sua super velocità avrebbe lasciato zia Pearl incustodita per troppo tempo. Le capacità magiche della mamma erano state di sicuro un vantaggio, quando si era trattato di competere per il catering, ma non erano niente in confronto al talento di zia Pearl. E mia zia tendeva a non usare le sue capacità in modo produttivo.

La mamma fece un gesto con la mano mostrandomi i posti a sedere intorno al furgone. "Cosa ne pensi?"

Alla destra del camper erano sistemati una decina circa di tavoli rotondi con le sedie all'ombra di un grande salice. I tavoli erano invitanti, con tovaglie a quadretti rossi e vasi di gerani bianchi e rossi su ognuno. Mamma voleva che fosse tutto pronto per gli snack di metà mattina e il pranzo, poi sarebbe tornata alla locanda a servire la colazione agli ospiti.

"Sembra che sia tutto a posto. Hai bisogno di aiuto per preparare il cibo?" Non era molto probabile: era una cuoca brava da morire.

E avremmo davvero potuto morire con la scontrosa zia Pearl a gestire il barbecue. Emerse dal furgone e si diresse alla griglia, a poco più di cinque metri, sulla sinistra.

"Stanne fuori, Cen. Ho tutto sotto controllo." Zia Pearl cambiò direzione e si diresse verso di noi impugnando le pinze del barbecue come un'arma.

Stavo per chiederle perché facesse la griglia così presto la mattina quando incrociai lo sguardo di Mamma. Si premette un dito sulle labbra per farmi stare zitta. Gli hamburger sarebbero stati da buttare ma era poco prezzo rispetto al tenere zia Pearl occupata.

"Cen, sei arrivata giusto in tempo per il pranzo, prendi un panino." Zia Pearl andò verso un tavolo rettangolare di fianco al furgone. Era carico di panini, condimenti e insalate. "Questa è la mia ricetta segreta degli hamburger alla griglia."

"Ma non è nemmeno ora di colazione," protestai. "Perché non ci prendiamo un caffè?"

Lei mi ignorò e si girò, stranamente ignara delle fiamme alte un metro che si alzavano alle sue spalle dal barbecue. Le fiamme arrivavano pericolosamente vicino ai rami del salice che pendevano lì sopra.

"Attenzione!" I rami più bassi dell'albero facevano fumo e scricchiolavano mentre le scintille si alzavano. Mi guardai intorno cercando qualcosa per spegnere le fiamme ma la mamma fu più veloce di me. Mormorò poche parole e in qualche secondo le fiamme del barbecue furono spente.

La piromane zia Pearl amava avere un pubblico e avrebbe fatto qualunque cosa per attirare l'attenzione. Di solito usava la magia, il fuoco o, troppo spesso, entrambi. Le piaceva soprattutto irritarmi, quindi avrei voluto ignorarla. Ma non ci potevo riuscire quando c'era di mezzo la sicurezza. Alzai lo sguardo verso gli operai del film. Per fortuna erano troppo presi dai loro compiti per notare l'improvvisa fiammata.

"Rilassati, Cen. Avrei sistemato tutto quello che fosse sfuggito al controllo. Sei sempre iper-reattiva."

"Sarebbe meglio che non succedesse niente." Osservai il piatto di hamburger anneriti sul tavolo al suo fianco. "Nessuno mangerà questa roba. Sono bruciati."

La mamma portò via il piatto. "A qualcuno piacciono gli hamburger ben cotti. Li porto dentro così sono pronti da servire."

Quegli hamburger erano diretti al cestino della spazzatura, ma la zia Pearl non lo sapeva. Calcolai a mente il numero di hamburger all'ora che mia zia avrebbe potuto cuocere prima di pranzo. Era un modo costoso di mantenere la pace ma almeno per un po' sarebbe stata fuori dai guai. Zia Pearl avrebbe potuto davvero causare distruzioni se avesse voluto. Almeno per quanto concerneva gli hamburger era sotto l'occhio attento della mamma.

Ero spaventata al pensiero di quali altri piccoli disastri avesse pianificato zia Pearl per disturbare le riprese. Nonostante il suo atteggiamento collaborativo, sapevo che non voleva altro che far fuggire dalla città questi intrusi. Odiavo pensare cosa potesse avere in mente per la nostra locanda, al completo, dove era responsabile della manutenzione.

Quel lavoro era stata un'idea di Mamma, pensando che avrebbe limitato al minimo la sua interazione con gli ospiti. Purtroppo però dava a zia Pearl accesso libero alle stanze degli ospiti e infinite opportunità di fare scherzi con shampoo, sapone e addebitando assurdi programmi via cavo agli ospiti. Probabilmente aveva in mente molto di peggio ma, beata ignoranza, non volevo nemmeno pensare a che cosa poteva stare macchinando.

Il problema più imminente erano gli scherzi di zia Pearl con il barbecue. Avevo paura di chiederlo ma lo feci comunque. "Cosa stai facendo qui? Pensavo che zia Amber ti avesse trovato un lavoro sul set." Che avessero già litigato?

Zia Pearl mi ignorò mentre schiaffava altri cinque o sei hamburger sulla griglia. Alzò il fuoco.

Zia Amber aveva promesso di mantenere la sorella maggiore occupata ventiquattro ore al giorno. Eppure zia Pearl era qui a darsi da fare in attesa di provocare qualche guaio. Era un tornado di quarantacinque chili in attesa di un posto dove sfogarsi. I turisti, la gente del cinema… Nella sua mente erano tutti nemici. La sua presenza al furgone del catering di Mamma non era una coincidenza. Speravo solo che non sarebbe arrivata al punto di avvelenare le persone.

"Amber ha trovato a Pearl un fantastico lavoro con le attrezzature di scena, ma Pearl si rifiuta." La mamma ricacciò un ciuffo di capelli biondi sotto la bandana fucsia e azzurra. "Dice che non è adatto a lei."

"Hai capito male, Ruby. Non ho rifiutato." Zia Pearl sventolò in aria il forchettone da barbecue quasi infilzando un ramo dell'albero. "È che il lavoro mi era stato presentato male. Avrei dovuto essere il capo degli effetti pirotecnici, non un semplice scagnozzo che fa la guardia a una scatola di giocattoli. Non c'è da meravigliarsi che Amber mi stia evitando. Pagherà per questo."

"Non puoi essere il capo degli effetti pirotecnici. Non hai nessuna esperienza con il cinema." Sospirai. La rivalità tra sorelle delle mie zie non aveva confini. "Sono sicura che zia Amber voleva solo aiutare."

Zia Pearl sbuffò spruzzando sul barbecue il liquido dalla fiasca che aveva al fianco. In meno di un secondo le fiamme si alzarono. Lei rimase a guardare in adorazione il fuoco che si alzava sempre più. Sembrava in trance.

"Attenta!" Mi sentii rizzare i capelli. Il mio scricciolo di zia di un metro e una nocciolina non sopportava le figure autoritarie, formali e informali. Stava anche guarendo dalla sua piromania per cui il fatto che dovesse aver a che fare con il fuoco mi terrorizzava.

Le fiamme si abbassarono mentre il carburante si esauriva e zia Pearl si riprese dalla trance. "Avete detto qualcosa?" Ci sorrise dolcemente.

"Il lavoro agli attrezzi di scena è un'ottima opportunità, Pearl. Da qualche parte devi cominciare." La mamma abbassò le fiamme del barbecue. "Puoi sempre mettere questa esperienza sul curriculum."

"Amber non ha esperienza." Sbuffò zia Pearl. "Come mai ha un ruolo da protagonista?"

Me lo chiedevo anch'io. Ma invece dissi: "Sei solo gelosa."

"Non è vero."

Alzai gli occhi al cielo. "Ma voi due dovete essere sempre in competizione?" Le due sorelle maggiori della mamma erano tra i sessanta e i settanta e zia Pearl era la maggiore. La loro rivalità non era affatto scemata. Anzi, aumentava con il passare degli anni. Non riuscivano a stare nella stessa stanza per cinque minuti senza che una cercasse di superare l'altra. Nonostante fosse la più giovane, Mamma era sempre quella che interrompeva il litigio e faceva da mediatrice.

"Mi piacerebbe che tu ed Amber la smetteste di essere così competitive," disse la mamma. "Siete brave in campi diversi, tutto qui. Siete complementari una all'altra."

Io sbuffai involontariamente e mi fulminarono tutte due con un'occhiata.

"Io ho esperienza della vita, Ruby. Sono anche una strega, e dannatamente brava. Non ho intenzione di lavorare per qualche incompetente che non sa nemmeno cosa sta facendo."

"Intendi il responsabile delle attrezzature di scena? È ovvio che sa cosa sta facendo. Ha anni di esperienza come tutti gli altri, qui. Sono tutti professionisti." Mamma inclinò la testa in direzione del set.

"Io posso metter su qualche effetto speciale serio. I suoi sono uno scherzo." Zia Pearl mosse la mano e le fiamme del barbecue si alzarono di nuovo.

La mamma le abbassò con un gesto della mano. "Cerca di tenere nascosti i tuoi trucchi per un paio di giorni, ok? Nessuno nello staff del film sa che siamo streghe ed è meglio che le cose restino così."

"Ma Bill non sa cosa sta facendo. Di questo passo le riprese dureranno per sempre." Fece uno sguardo imbronciato. "Volevo solo dare una mano perché potessero andare avanti veloci. Ma tutto quello che propongo viene bocciato."

"Non cercare di fare stramberie, zia Pearl." Non avevo idea di chi fosse Bill ho perché lei lo definisse un incompetente, ma immaginavo che chiunque lavorasse a una produzione di questo genere dovesse essere abile nel suo lavoro. Anzi, eccellente. Chiunque avrebbe voluto lavorare nell'industria cinematografica e la competizione era agguerrita.

"Cen ha ragione. Non puoi far saltare la nostra copertura," disse la mamma. "Fai bene il tuo lavoro e fatti rispettare. Almeno Amber ti ha trovato un lavoro."

Zia Pearl scosse la testa. "Non è possibile. Non accetto compromessi sulla qualità. Sapete, ho degli standard da rispettare."

Non avevo idea a quali standard di qualità si riferisse. Forse un altro lavoro sarebbe stato troppo stressante per lei. Westwick Corners era così piccola che la maggior parte degli indigeni avevano diversi lavori. Dovevamo tutti essere un po' imprenditori perché l'economia locale era inesistente.

La famiglia West non faceva differenza per cui c'eravamo messi a gestire il Westwick Corners Inn e il nostro bar, il Witching Post, in aggiunta ad altri lavori. Avevamo sempre bisogno di lavoro aggiuntivo per far tornare i conti. Probabilmente per questo zia Amber ci aveva coinvolti tutti subito nel film.

Tutti tranne me, in effetti. Mi sentivo un po' trascurata per il fatto che zia Amber non aveva trovato un posto anche per me, ma in un certo senso ero sollevata. La maggior parte delle imprese della famiglia West tendeva a finire a gambe all'aria. Potevo restarmene a guardare da lontano.

Lasciamo stare.

Perché io no? Era perché non facevo abbastanza pratica con la magia? È vero, avevo abbandonato la Scuola di Fascinazione di Pearl, ma punirmi per essere una strega fannullona mi sembrava eccessivo. Forse zia Amber non credeva che fossi abbastanza brava, ma trovare un lavoro a zia Pearl prima che a me era sorprendente e fastidioso. Forse era il modo in cui zia Amber mi voleva dare una svegliata ma era doloroso il modo duro in cui dimostrava il suo affetto.

Guardai zia Pearl prendere i suoi hamburger nero carbone dalla griglia e metterli su un piatto. Rapidamente ne mise sulla griglia altrettanti.

"Forse, dopo tutto, non dovresti lavorare al film. Cosa faranno i tuoi studenti?" La Scuola di Fascinazione di Pearl, la scuola di magia di zia Pearl, non aveva studenti e stava affondando nonostante zia Pearl sostenesse il contrario. In effetti tutte le nostre imprese erano seriamente in difficoltà, compreso il *Westwick Corners Weekly*. Le riprese del film erano l'evento più importante in città da decenni e tutti noi volevamo (no, avevamo bisogno di) partecipare.

"Volevo fare una pausa dall'insegnamento. Sai che mi annoio," scattò zia Pearl. "Qualche volta quegli studenti mettono seriamente a dura prova la mia pazienza."

"E questo è molto meglio?" Osservai la mia zia dai capelli grigi. "Stai girando hamburger su una griglia. E lo fai malamente."

"Non è affatto meglio, Cendrine. È proprio questo il punto," sospirò zia Pearl. "Il lavoro agli effetti speciali avrebbe dovuto garantire uno sfogo al mio senso creativo. Amber mi aveva promesso il completo controllo creativo. Aveva detto che se avessi aiutato nella realizzazione del film, mi avrebbe compensata degnamente. Poi invece mi ha sminuita trovandomi un lavoro decisamente inferiore ai miei talenti e alle mie capacità."

Ero tentata di chiedere in che modo esattamente avesse aiutato zia

Amber a organizzare le riprese del film a Westwick Corners, ma la nostra discussione aveva già preso un'altra strada.

"Non si può usare la stregoneria. Né il fuoco." Avevo la tragica sensazione che qualunque aiuto avesse dato zia Pearl non fosse privo di conseguenze. Qualche volta era meglio non sapere.

"Sai che non lo farei, Cendrine." Il labbro inferiore di zia Pearl si sporse fingendo un broncio e il suo occhio si contrasse come faceva sempre quando mentiva. "Io seguo sempre le regole."

Mi morsi la lingua, non volevo litigare. Zia Pearl probabilmente aveva costretto zia Amber a prometterle il lavoro alle attrezzature di scena minacciando qualcosa di peggio. La sua delusione poteva solo significare che dovevamo aspettarci qualche genere di vendetta. Quale sarebbe stata la ritorsione non era chiaro ma temevamo tutti le esplosioni di "creatività" di zia Pearl. C'era una linea netta tra cedere alle sue pretese e tenerla fuori dai guai. Non c'era da stupirsi che zia Amber le avesse trovato un posto come assistente agli effetti di scena.

Per lo stesso motivo la mamma l'aveva messa a gestire il barbecue. Se zia Pearl doveva giocare con il fuoco, almeno la si poteva tenere d'occhio.

CAPITOLO 2

$\mathcal{L}$a mamma e io lasciammo con riluttanza zia Pearl al furgone del catering per andare a occuparci della colazione alla locanda. Era raro che avessimo il nostro originale bed and breakfast tutto occupato come quel giorno. La maggior parte del cast e dello staff avevano optato per sistemazioni più moderne, a un'ora di distanza, a Shady Creek, ma qualcuno aveva preferito stare in città. Tra i nostri ospiti c'era qualche VIP e noi volevamo strafare per fare buona impressione. Speravamo di incoraggiare ulteriori visite e magari guadagnare un po' di pubblicità gratuita.

Io grattugiavo il formaggio per le omelette mentre la mamma tagliava le verdure. Stavamo giusto prendendo il ritmo quando una voce stridula ci interruppe.

"Come avete potuto lasciarmi qui da sola ad arrangiarmi?" Il fantasma di nonna Vi volteggiava avanti e indietro in cucina. "Non mi piacciono tutti questi intrusi. Cosa fanno qui?"

"Stanno girando un film, nonna. È una cosa temporanea." Mi sorprese che zia Amber non le avesse parlato prima del film ma, di nuovo, zia Amber non aveva dato molte notizie a nessuno di noi.

"Non tanto tempo a disposizione. Voglio che vi liberiate di questa gente." La sua apparizione sbiadì come faceva quando era veramente arrabbiata. La nonna non aveva mai perdonato Mamma per aver trasformato la residenza di famiglia in un bed and breakfast e questa era la ciliegina sulla torta.

"Sei un fantasma, nonna. Hai tutto il tempo del mondo." La nonna adesso abitava con me nella casa sull'albero. Anche se la convivenza con un fantasma sembrava una situazione ideale, nonna Vi era un personaggio difficile con cui condividere l'abitazione. Cercava continuamente di attirare la mia attenzione quando c'erano ospiti e si lamentava della solitudine quando eravamo noi due sole.

"Non continuare a ricordarmelo. Almeno riporta la casa com'era prima."

Si riferiva alla locanda, che non era cambiata a parte la presenza degli ospiti. "In qualche modo dobbiamo guadagnarci da vivere, nonna. Presto se ne andranno." Mi sentivo a disagio ma il nostro bisogno di soldi al momento era più importante dei suoi sentimenti. Se non avessimo affittato le stanze ci saremmo dovuti trasferire in un'altra città con più opportunità di lavoro.

"Tra poco un paio di giorni saranno troppo per me. Io cerco di essere paziente ma loro si sono già fermati troppo. Ne ho abbastanza. È ora che faccia un po' di spettacolo." Si diresse verso la porta che conduceva alla sala da pranzo.

La precedetti e bloccai l'uscita mettendomici davanti. "Spettro, nonna. Sei uno spettro non uno spettacolo. Per favore non andare di là. In qualche modo sistemerò le cose, lo prometto." Lanciai un'occhiata verso la mamma ma era girata di schiena perché stava cucinando.

"Sai che ti posso attraversare, Cen." Galleggiava a pochi centimetri dal mio volto. "Non costringermi a farlo."

"Ok, va bene. Perché non facciamo un po' di pozioni più tardi?" La corruzione era l'unica arma che avevo. La nonna avrebbe fatto un disastro se non otteneva quello che voleva. "È da un po' che non lo facciamo."

L'aura della nonna all'improvviso divenne luminosa come un allegro sole giallo. "Mi piacerebbe moltissimo. Faremo delle pozioni d'amore e stregheremo tutta questa gente del cinema." Sogghignò come un'adolescente. "Pensa a quanti guai potremo fare!"

"Sembra divertente!" La mia voce uscì con un tono un po' più alto del normale, in questo modo speravo di riuscire convincente. Non avevo nessuna intenzione di usare la magia sulla gente del cinema a loro insaputa ma nonna Vi non doveva necessariamente saperlo. "Forse lo possiamo fare domani, quando le cose si sono un po' sistemate."

Lei scosse lentamente la testa. "No. Devi pensare a qualcosa di meglio. Cosa dovrei fare io nel frattempo?"

"Perché non scegli qualche spettacolo o film da guardare? Potremmo fare un'abbuffata di tutti i vecchi episodi di *Vita da Strega* e *Strega per amore*, giusto per avere un po' di ispirazione." Mi allungai per darle un buffetto sul braccio ma ovviamente la mia mano la attraversò.

"Tutto qui quello che hai da proporre? Non so se vale la pena," disse nonna Vi. "Oltre tutto, non sono dell'umore giusto per la commedia. A dire il vero non mi dispiacerebbe soffiare un po' di vapore e spaventare un po' di gente in questo momento. Forse potrei creare un dramma io stessa."

"No, per favore, nonna." Alzai la mano in segno di protesta. Era chiaro da dove proveniva l'irascibilità di zia Pearl, ma era evidente anche che nonna Vi era stata portata al limite. Abbassai la voce fino a un sussurro in modo che la mamma non potesse sentire. "Forse potremmo fare un incantesimo su Amber e Pearl. Sai, in modo che vadano più d'accordo."

"Mhmm." Volteggiò su verso il soffitto, immersa nei suoi pensieri. Qualche secondo dopo piombò giù a pochi centimetri da me. "Questa è proprio una buona idea, Cen. Tu imparerai qualcosa di nuovo e le mie figlie per una volta andranno d'accordo."

"D'accordo," dissi. "Prenderò le erbe dal giardino e ci vediamo alla casa sull'albero più tardi." Fare pozioni era l'unica parte della stregoneria con cui mi sentivo a mio agio, anche se dubitavo che ce ne fosse una sufficientemente potente da smussare gli angoli delle forti personalità delle mie zie. Comunque al momento sembrava soddisfare nonna Vi.

"Ta ta." L'immagine di nonna Vi sbiadì nel nulla.

Tornai a pensare a zia Pearl. Lasciarla intorno alla gente del cinema senza supervisione era rischioso ma non avevamo molta scelta. Almeno era mattina presto, un momento in cui di solito era di umore più civile ed era meno probabile che combinasse qualcosa. Il barbecue sembrava aver temporaneamente soddisfatto il suo intimo bisogno di fuoco.

Avevamo bisogno di due persone alla locanda, una per cucinare e una per servire la colazione. Come cameriera avevo anche un altro motivo, che era quello di cercare di organizzare interviste con qualcuno degli ospiti più famosi. Poi forse, ma solo forse, uno dei miei articoli avrebbe attirato l'interesse dei lettori e io sarei riuscita a far decollare il giornale. Avevo già pianificato diversi articoli sulle riprese del film e le biografie delle stelle del cinema. Avevo solo bisogno di incontrarne qualcuna mentre servivo la colazione.

Più di tutto avrei desiderato conoscere Steven Scarabelli, il leggendario produttore che alloggiava da noi. Ma non era destino, almeno non ancora. Saltò fuori che lo avevo perso di pochi minuti perché aveva saltato la colazione e si era diretto sul set mentre stavamo cucinando.

Per fortuna Mamma e io non ci mettemmo molto a occuparci degli ospiti e ben presto potemmo tornare al furgone del catering. Main Street brulicava di attività e, mentre noi eravamo via, altri edifici erano stati ripitturati. Le facciate rinnovate che davano sulla strada erano in netto contrasto con quelle delle vie laterali. Lì gli edifici trascurati rimanevano imbarcati, con la pittura che si staccava dalle facciate di legno.

Provai un alito di speranza, soddisfatta perché il film aveva già portato nuova vita a Westwick Corners ancora prima del suo inizio. La popolazione della città era scesa da migliaia a poche centinaia negli ultimi dieci anni e la mancanza di lavoro portava via i giovani non appena finivano la scuola. Alcuni si trasferivano nella vicina Shady Creek e altri ancora più lontano, a Seattle. Ma il film avrebbe potuto invertire la corrente. Ora la nostra fortuna sarebbe cambiata in meglio.

Se alla gente del cinema fosse piaciuta la nostra città, sarebbero tornati. Avremmo potuto definirci una Hollywood del Nord o qualcosa del genere. Il cinema era un notevole incentivo economico, un'eccezionale opportunità che ci era caduta addosso. Un film poteva portarne un altro ed essere accompagnato da lavori e benessere. Come streghe potevamo fare tante cose, ma non produrre soldi. Il successo era nostro a meno che non rovinassero tutto.

Mentre ci avvicinavamo al furgone fui scossa dai miei pensieri. Un lampo rosso attirò la mia attenzione. Era così luminoso che si rifletteva sul furgone bianco e io dovetti proteggermi gli occhi. Mentre mi avvicinavo ne vidi la sorgente. Una bambola biondo platino in un abito da sera di paillettes rosse posava di fronte al furgone del catering.

All'inizio pensai fosse una delle attrici ma avvicinandomi capii che non era così. Un senso di malessere mi si formò in fondo allo stomaco.

La vide anche la mamma. "Oh, no! Ho detto a Pearl che Carolyn non era la benvenuta. Perché deve sempre rovinare tutto?"

Non avevo una risposta. Carolyn Conroe era l'alter ego di zia Pearl, una creazione simile a una trentenne Marilyn Monroe nella quale zia Pearl si trasformava ogni volta che desiderava attirare l'attenzione. Soprattutto attenzione maschile.

Zia Pearl sosteneva di odiare gli uomini ma nello stesso tempo sembrava realizzare qualche sua fantasia nascosta tramite Carolyn Conroe. Mi imbarazzava guardarla anche se tutti gli altri sembravano non accorgersi della sua sceneggiata.

Il vestito aderente di paillettes sottolineava le sue curve mentre teneva in equilibrio una pila di hamburger alta mezzo metro. Era come il richiamo di una sirena che creava un flusso costante di ammiratori uomini che camminavano come zombi verso il furgone. Ne contai almeno venti, nessuno di loro del posto, da cui dedussi che erano parte degli operai del film. Dubitai che in quel momento il lavoro andasse molto avanti.

Carolyn aveva messo in pausa l'intero set con l'esca di carne e capelli biondi. Se dovevamo fare impressione ai personaggi di Hollywood dovevamo evitare interruzioni di questo genere. Il nostro futuro dipendeva dal fatto che le riprese continuassero senza intoppi.

Mentre ci avvicinavamo diedi un'occhiata agli ammiratori di Carolyn. Alcuni di loro avevano praticamente la bava mentre la fissavano come in trance. "Almeno sappiamo cosa sta combinando."

"Vero," disse la mamma. "E in questo modo la teniamo lontana da Amber. La loro competitività potrebbe sfuggirgli di mano e rovinare tutto."

Io annuii. Una gara di bellezza soprannaturale era l'ultima cosa di cui avevamo bisogno, con ognuna delle due sorelle che cercava di sopraffare l'altra. Era soprattutto zia Pearl che provocava. Era infastidita dal fatto che la sorella minore avesse un aspetto migliore e una carriera di molto maggior successo.

Ero sorpresa del fatto che zia Pearl avesse osato mettere in scena Carolyn Conroe con zia Amber nei paraggi. Tecnicamente il suo cambiamento di aspetto era una violazione delle regole della WICCA. C'erano davvero poche occasioni in cui una strega poteva impersonare qualcun altro, reale o immaginario. Anche se zia Pearl infrangeva costantemente le regole, era già a due centri su tre a causa di un incidente occorso all'inizio dell'anno. Come vicepresidente della WICCA, zia Amber era decisamente pignola riguardo le regole. L'ultima cosa di cui avevamo bisogno era un confronto diretto.

"Vado a cercare zia Amber. Ho bisogno di parlarle." Perlustrai la strada e fui sollevata non vedendola. Almeno avrei potuto rintracciarla prima che vedesse Carolyn.

Carolyn sedeva a uno dei tavoli dell'area pranzo, in posa provocante con una generosa porzione di pelle visibile dal lungo spacco dell'abito da sera.

Non potevo lasciare Mamma da sola con lei in quel modo.

Il numero di tavoli era raddoppiato mentre noi eravamo via, ovviamente un altro degli scherzi magici di zia Pearl che miravano ad attirare gli uomini. Erano carichi di hamburger, panini, insalate e bibite. Alcuni degli uomini si stavano servendo di snack, ma la maggior parte stava semplicemente in adorazione di Carolyn, felicemente incosciente dell'inganno. Era una bella prova a pensarci, considerato che gli operai del film vedevano le fantastiche attrici di Hollywood sul set per tutto il tempo.

Mi diressi al tavolo di Carolyn e infilai il mio braccio nel suo. La condussi via dai suoi ammiratori. "Perché ti comporti così? Stai rovinando il programma delle riprese."

La bocca colorata di rosso di Carolyn formò una "o" con uno sguardo innocente mentre si portava un dito alle labbra. "Non sto facendo niente. Cosa ci posso fare se questi uomini sono affamati."

"Non sono affamati. Sono… Lascia perdere." La fulminai con lo sguardo. "Non mi freghi, zia Pearl. So cosa stai combinando."

"Smettila di chiamarmi così… Il mio nome è Carolyn. E non ho la più pallida idea di cosa stai parlando." Gonfiò i capelli biondo platino con una mano ben curata. Le unghie avevano l'esatta tonalità di rosso delle labbra e del vestito. "Oh, ora capisco. Devi aver parlato con Amber. Ora non posso nemmeno cucinare? Evidentemente è gelosa e preoccupata che le rubi la scena."

"No, non ho ancora nemmeno visto zia Amber ma dubito che possa essere gelosa di te. Ora torna al tuo aspetto normale prima che io faccia qualcosa di drastico."

"Oh, smettila di lamentarti, Cendrine. Per una volta lascia che mi diverta un po'. Almeno tu hai un lavoro adatto a te."

La mamma uscì dal furgone subodorando problemi. Si mise a fianco di Carolyn in modo che solo io potessi vedere la sua espressione. Alzò gli occhi al cielo ma non disse niente.

Ero capace di non farmi ingannare dalle tecniche di distrazione di zia Pearl ma non riuscii a evitarlo. "Perché così all'improvviso pensi che il lavoro sia adatto a me? Hai sempre detto che il giornale era un lavoro senza futuro."

"È senza futuro proprio come la tua vita." Carolyn alzò le spalle. "Non hai ambizioni che ti portino qualcosa di più grande. Non pratichi la magia, hai scelto come ragazzo quello sceriffo buono a niente, sei semplicemente difficile. Ormai dovresti saperlo ma te lo ripeto di nuovo: si raccoglie quello che si semina."

Come richiamato, notai lo sceriffo Tyler Gates che camminava rapidamente verso di noi. Quando fu vicino, vidi che il mio ragazzo, normalmente calmo, era arrabbiato; il suo solito sorriso sostituito da un'aria corrucciata. Quel giorno non era l'unico ad essere affaticato.

Mi girai di nuovo verso zia Pearl con la faccia rossa di rabbia. "Solo perché non voglio frequentare la Scuola di Fascinazione di Pearl non vuol dire che non valgo niente. E nemmeno il tuo tentativo di distrazione funzionerà. Sai quanto sia importante questo film per tutta la città. Perché non puoi essere te stessa per una volta?"

"No, non così..." La mamma si fermò a metà della frase mentre le fiamme si alzavano dal barbecue.

"Oh," la mano di Carolyn arrivò alla bocca: "aiuto!"

La allontanai dal barbecue mentre le fiamme erano diventate alte quasi cinque metri. "Zia Pearl!"

"Ti ho detto di non chiamarmi..."

La ignorai e la allontanai. "Darai fuoco a tutta la città."

Due degli uomini che erano lì vicino si tolsero la camicia e corsero al barbecue. Insieme riuscirono a spegnere le fiamme.

"Oh cielo!" Zia Pearl andò in estasi, in una memorabile imitazione di Scarlett O'Hara.

Uno degli uomini si affrettò al fianco di Carolyn. "È tutto a posto, signorina?" Le avvolse intorno un braccio protettivo e la condusse lontano dal barbecue.

"E noi?" La mamma si rivolgeva a me.

"Direi che siamo invisibili." Studiai i resti carbonizzati del barbecue chiedendomi quante volte sarebbe successo nella giornata.

"Quasi." Tyler mise il suo braccio intorno a me. Era a conoscenza del nostro segreto di famiglia e questo rendeva un po' più semplice essere una strega. "Penso comunque che dovreste trovare un altro lavoro per Pearl. Qualcosa senza accesso agli acceleranti."

La mamma scosse la testa. "Non so cosa fare, Tyler. Si rifiuta di fare il lavoro che le ha trovato Amber e non può lavorare con me se fa disastri con il cibo. Il modo in cui ha incendiato il barbecue..."

"Lascia che ci pensi io. Mi inventerò qualcosa," dissi. "E la terrò anche d'occhio."

"Bene," disse Tyler. "Perché Brayden mi controlla come un falco. E ha promesso che mi staccherà la testa se qualcosa va storto." Brayden Banks era il sindaco della città e il mio ex fidanzato. Era risentito del fatto che io e Tyler uscissimo insieme e cercava continuamente un pretesto per cacciarlo.

"Vuole solo creare problemi." Mi dispiaceva per Tyler. Non avrebbe potuto vincere in ogni caso. Se fosse successo qualcosa durante le riprese del film, Brayden avrebbe trovato il modo di dare la colpa a Tyler. Se fosse stato un successo il merito sarebbe stato di Brayden.

Tornai a concentrarmi su zia Pearl e sulla sua occupazione. Dovevo tenerla impegnata, ma come? Una strega esperta come zia Pearl poteva fare seri danni e i suoi scherzi potevano far sì che nessun altro venisse a girare film a Westwick Corners in futuro. Non era positivo per nessuno di noi.

Tutto considerato, l'idea di zia Amber di farle avere un lavoro sul set era la cosa migliore, considerata la minaccia di zia Pearl. Io avrei potuto tenerla d'occhio e guardare le riprese nello stesso tempo. E il lavoro con il materiale di scena limitava anche la sua interazione con altra gente. Dovevo solo convincerla che era importante quanto la recitazione di zia Amber.

"Parlerò a zia Amber," dissi. "Sono sicura che riusciremo a trovare qualcosa."

Potevamo combattere il fuoco con il fuoco, dopotutto.

CAPITOLO 3

*N*on potei evitare di sentirmi piuttosto soddisfatta nel guardare zia Pearl che camminava lentamente lungo la strada verso casa. Dopo aver lanciato un incantesimo di memoria per cancellare la sua memoria a breve termine, l'avevo inviata con una falsa incombenza alla Scuola di Fascinazione di Pearl. Questo mi avrebbe lasciato un po' di tempo per rintracciare zia Amber e cercare di far ottenere nuovamente a zia Pearl il lavoro come assistente agli accessori di scena.

Questa volta però le avrei impiantato il falso ricordo che l'idea era stata in primo luogo di zia Pearl. Mi sentii un po' colpevole finché non ricordai che zia Pearl mi faceva cose del genere tutto il tempo. E questo a causa della sua scarsa opinione delle mie capacità come strega. Anche se io mi consideravo una strega riluttante, in segreto negli ultimi mesi avevo praticato la mia arte. Finalmente potevo approfittarne.

L'incantesimo di memoria era impegnativo perché richiedeva che venissero stregate tutte le persone coinvolte. Gli ammiratori di mia zia ora ricordavano di essere arrivati al furgone del catering e di averlo trovato chiuso, senza nessuno. Era un difficile incantesimo intermedio, che avevo praticato solo un paio di volte. Non mi era venuto alla perfezione ma ci ero vicina.

Avevo appena superato una strega esperta con un incantesimo solo mio. Non c'è bisogno di dire che ero decisamente orgogliosa di me.

Il mio incantesimo aveva cancellato gli ultimi dieci minuti della sua vita. I tavoli di cibo, gli uomini... Via tutto. Anche Carolyn era sparita. Zia Pearl si era trasformata nuovamente nella vecchia, irritabile sé stessa. L'unica evidenza rimasta della strage di hamburger di Carolyn era il barbecue bruciato, qualcosa che Mamma avrebbe aggiustato in un batter d'occhio. Zia Pearl sarebbe stata orgogliosa di me... E furiosa per essere stata l'oggetto del mio incantesimo.

Qualche volta zia Pearl si comportava come una bambina di due anni in un corpo da settantenne. L'alter ego Carolyn era il suo modo di manifestarlo. Noi eravamo preoccupati sia che potesse attirare troppa attenzione degli ospiti, nei panni di Carolyn, sia scacciarli, nei panni della sé stessa irritabile.

Suppongo che avremmo dovuto anticipare la sua noia dal momento che Mamma e io temporaneamente avevamo preso il suo posto nella manutenzione della locanda e l'avevamo lasciata con troppo tempo a disposizione. Troppo tempo per mettersi nei guai. Troppo tempo per meditare sul ruolo cinematografico di zia Amber. Non c'era da stupirsi che fosse arrabbiata. Mi ritenevo in parte colpevole.

Decisi di bere un caffè veloce al furgone del catering prima di andare sul set del film. Mi ero appena girata quando sentii una ventata d'aria alle mie spalle.

"Cendrine!" Zia Amber si era improvvisamente materializzata di fronte a me, bloccandomi la strada verso la dose di caffeina che mi era necessaria. I suoi capelli rossi erano tirati indietro per mostrare un paio di orecchini di diamante a goccia dall'aspetto costoso e una collana in pendant. Anche in una vestaglia di seta aveva tutto il fascino di una star del cinema degli Anni Cinquanta.

A parte che il film era un western ambientato all'inizio del Novecento. I diamanti e i tacchi alti erano decisamente fuori luogo nella strada polverosa. "Non dovresti prepararti per la tua scena?"

Mosse la mano indicando di lasciar perdere. "Ho assolutamente bisogno del tuo aiuto. Non trovo la mia assistente."

"Un bel guaio." Decisi di tralasciare il caffè e mi diressi verso il set. Superai dei cavi elettrici mentre osservavo la strada, quasi aspettandomi un carretto trainato da cavalli che venisse a salvare zia Amber. Fortunatamente non accadde niente di simile ma alcuni degli uomini che avevano partecipato al dramma di Carolyn della damigella in pericolo con il barbecue stavano gironzolando lì intorno. Sembrarono non notarci.

"Forse zia Pearl potrebbe aiutarti. Dovrebbe tornare a minuti."

Zia Amber sbuffò. "Non dici sul serio. Ha la capacità di attenzione di un moscerino. Io ho bisogno di qualcuno estremamente preciso. Qualcuno di cui posso fidarmi, che faccia un buon lavoro."

Mi guardai intorno. "Vedrò se riesco a trovare la tua assistente."

"Qualcuno come te." Zia Amber rovesciò una montagna di vestiti tra le mie braccia, quasi facendomi cadere. "Porta questi al mio camper. Ho bisogno che siano stirati e pronti entro un'ora."

"Mi dispiace, zia Amber. Non ho tempo." Cercai di respingere i vestiti ma lei spingeva ancora più forte. Barcollai per un momento prima di ritrovare l'equilibrio. Mi appoggiai su di lei con tutto il mio peso ma lei restava salda.

"Trova il tempo, Cendrine. È una cosa importante."

"Sono sicura che la tua assistente prima o poi si farà viva." Almeno zia Amber non aveva sfruttato i suoi poteri da strega per avere i vestiti stirati. Mi girai nuovamente verso il furgone del catering ma lei mi bloccò la strada.

"Non ho tempo per questo. Portali." Fece un cenno con la testa in direzione dei camper.

Alzai le braccia in segno di protesta ma lei semplicemente me le fece abbassare. I vestiti lunghi fino ai piedi erano di lana spessa e incredibilmente pesanti. Feci qualche passo malfermo all'indietro a causa del peso.

"Ho promesso alla mamma che l'avrei aiutata a pulire dopo la colazione." Mi sentivo colpevole a mentire ma non avevo il tempo né la disposizione per assistere zia Amber con il guardaroba. Lei non prendeva in considerazione il no come risposta. Nel momento in cui avessi detto sì mi avrebbe assegnato decine di compiti altrettanto sgradevoli. Dovevo mantenere la mia posizione.

"Smettila di piagnucolare, Cen. Siamo streghe. Fai un incantesimo."

"Potresti farlo tu," suggerii. Il vestito in cima al mucchio era a balze con una serie di sottovesti. A parte che era incredibilmente pesante, riuscivo a malapena a vedere davanti a me. Ogni volta che lo schiacciavo per liberarmi la visuale, quello semplicemente si gonfiava di nuovo. Mi feci coraggio e spostai i vestiti su una spalla in modo da poter almeno capire dove andavo.

Perlustrai la strada alla ricerca di qualcuno cui passare i vestiti di zia Amber ma tutti mi ignoravano, correndo avanti e indietro come formichine. Mi stavo ancora chiedendo come mai una strega sui sessant'anni senza nessuna esperienza di recitazione fosse riuscita a ottenere un ruolo da protagonista in una grande produzione di Hollywood. C'era sotto qualcosa e non ero sicura che mi sarebbe piaciuto.

"Fallo e basta, ok? Io mi devo preparare per la scena della rapina." Mi fulminò con lo sguardo e aggiustò la cintura della sua vestaglia.

"Non puoi andare così," dissi. "Devi tornare al tuo camper per cambiarti, quindi perché non ci porti i vestiti? Oltretutto io non so nemmeno qual è il tuo camper."

Troppo tardi. Zia Amber corse dietro a un edificio e sussurrò a bassa voce. Pochi secondi dopo tornò dal suo nascondiglio in un abito lungo blu dell'epoca, con un alto collare di pizzo. La gioielleria di diamanti era sparita ma ora indossava un elaborato cappello bianco e blu e portava un parasole in tinta. Sparì immediatamente attraverso le porte del vecchio edificio della banca senza dire altro.

Mi facevano male le braccia, ma non potevo proprio lasciare i vestiti buttati in giro. Sembravano costosi e non volevo che venissero danneggiati. Forse avrei potuto passarli a qualcuno sul set. Probabilmente avevano qualcuno che poteva conservarli. L'assistente di zia Amber si sarebbe fatta viva prima o poi.

Avevo bisogno di avere le mani libere per trovare una storia o forse anche una decina di storie prima che le riprese fossero finite.

Ero preoccupata del fatto che una volta rotto l'incantesimo di zia Amber sarebbe finito tutto così all'improvviso com'era iniziato. I produttori del film erano chiaramente stati stregati per prendere in considerazione di fare le riprese nella nostra città. Le stelle del cinema e lo staff del film se ne sarebbero andati e noi saremmo ritornati alla nostra sopravvivenza e a far scorrere il tempo. Dovevo intervistare qualche star prima che si rendesse conto dell'errore e facesse le valigie per andarsene.

Volevo soprattutto lo scoop di un'intervista con l'attore protagonista. Un bel po' di articoli sul mondo del cinema avrebbero contribuito a tenere a galla il *Westwick Corners Weekly*. Tutto quello che mi serviva erano alcune storie buone per cambiare le cose.

CAPITOLO 4

Dieci minuti più tardi, ero seduta di fianco a zia Amber nel camper che fungeva da ufficio a Steven Scarabelli. Provavo un timore reverenziale nei confronti di quel leggendario regista e produttore di Hollywood, ma l'uomo di fronte a me non aveva niente di speciale, non sembrava affatto un'icona del cinema. L'espressione stanca lo invecchiava rispetto alla sua immagine televisiva. Si sarebbe detto che avesse bisogno un buon lungo riposo.

Si alzò e si sporse oltre la scrivania. Mi strinse la mano e mi sorrise in modo caldo e amichevole. Era vestito casual con una camicia bianca di cotone e jeans scuri e sembrava più un membro dello staff che un importante regista e produttore.

"Benvenuto a Westwick Corners." Era stupido ma non sapevo che altro dire. Se c'era una città che aveva la sindrome dell'impostore, quella era la nostra, nascosta dietro una mano di pittura fresca. Ero sicura che da un momento all'altro Steven Scarabelli se ne sarebbe reso conto e avrebbe annullato tutto. Non eravamo esattamente adatti a Hollywood.

"È fantastico essere qui. Non avrei mai scoperto questa piccola gemma se non fosse stato per Amber. Tua zia e io ci conosciamo da tempo." Fece un cenno verso zia Amber.

Zia Amber si illuminò. "Questo film metterà la nostra città sulla mappa, Cen. *Rapina di mezzogiorno* avrà anche più successo di *Rapina di mezzanotte*. Di sicuro procurerà un bel gruzzolo a Steven e ai suoi investitori."

"Ci conto." Steven Scarabelli spinse un contratto verso zia Amber. "Ecco il contratto definitivo per la tua firma. Hanno firmato tutti tranne Dirk, che dovrebbe arrivare a momenti. Quando avremo la sua firma possiamo partire."

Mi cascò la mandibola. L'ultimo successo di Steven Scarabelli aveva come protagonista uno dei più importanti attori di Hollywood. "Dirk... Come Dirk Diamond? Verrà qui nel tuo camper?" Gli uomini amavano i film di Dirk Diamond per l'intreccio falsamente di azione. Le donne adoravano i suoi film per... beh, per Dirk Diamond.

Steven tossicchiò. "E sarà meglio che arrivi in fretta, o io sarò nei guai."

Mi sorprese il fatto che Steven non avesse già bloccato i suoi attori facendogli firmare in anticipo i contratti ma dato che questo film era un sequel, forse si trattava solo una formalità. O magari a Hollywood le cose erano più informali, anche se in realtà ne dubitavo. Ma cosa potevo saperne?

Mi girai verso zia Amber. "Dirk starà in città?" In realtà volevo sapere se sarebbe stato uno dei nostri ospiti al Westwick Corners Inn. Non avevo visto il suo nome sul registro ma molte star usavano nomi falsi per mantenere l'anonimato.

"Ma certo," disse. "Steven starà con noi insieme ad alcuni membri del cast. Gli altri alloggiano a Shady Creek." Scarabocchiò la sua firma sul contratto e lo spinse attraverso il tavolo verso Steven sorridendogli. "Ecco qui. Sono tua."

Steven sogghignò. "Mi sono registrato nella vostra locanda ieri sera tardi. Sembra deliziosa."

La nostra locanda era caratteristica e accogliente ma quanto di più lontano da un elegante hotel di Beverly Hills. Probabilmente non era quello cui Steven era abituato, per cui era stato davvero gentile da parte sua farci un complimento. Io speravo che non sarebbe rimasto deluso. L'alloggio di lusso più vicino era a un'ora di strada, a Shady Creek, quindi pensai che aveva vinto la comodità rispetto al lusso.

"La nostra piccola città diventerà famosa, Cen!" Amber si alzò e mi fece segno di seguirla. "Forza, ti mostrerò il set."

Mi immaginai cinefili che venivano in pellegrinaggio a Westwick Corners, spendendo soldi e alloggiando nella nostra locanda. Seguii mia zia all'esterno, felice che il suo umore fosse migliorato. Inchiodammo di colpo dopo esserci quasi scontrate con una donnina dai capelli scuri. Io chiesi scusa e lei ci superò entrando nel camper di Steven.

La indicai eccitata. "Quella è Arianne Duval! Un altro personaggio di serie A di Hollywood!"

Zia Amber mi fece abbassare la mano con uno schiaffo. "Non indicare, Cen! Mi metti in imbarazzo davanti ai miei colleghi."

Mi girai verso zia Amber. "Esattamente come hai fatto a ottenere un ruolo da protagonista nel film? Non hai mai nemmeno preso lezioni di recitazione."

"Steven dice che ho un talento naturale. Per questo mi ha presa come protagonista insieme a Dirk."

Spalancai la bocca, senza parole. Zia Amber non aveva mai recitato in pubblico, che io sapessi. "Lo hai stregato, vero?"

Zia Amber non rispose.

"Sai che non vale se non succede per vie naturali."

"È tutto naturale. Steven ha colto la mia capacità naturalmente." Zia Amber tirò su con il naso e si girò dall'altra parte facendomi capire che la discussione era terminata.

Restai di sasso quando vidi Dirk Diamond diretto verso di noi. I suoi capelli castani si erano ingrigiti sulle tempie ed era più basso di quello che pensavo ma, comunque, decisamente bello. Indossava una camicia western, stivali da cowboy e jeans.

Di fianco a lui camminava una donna con i tacchi. Il vestito trendy a fiori era coperto da un blazer di lino bianco abbottonato in vita. I capelli erano tirati su in un ciuffo morbido. Non era in costume per cui ne dedussi che non faceva parte del cast. "È lui! Quello è…"

"Dirk Diamond," zia Amber finì la mia frase. "È il mio coprotagonista. La donna insieme a lui è la sua agente, Kim Antonelli."

"Non ci credo." Avevo sempre pensato che le stelle del cinema fossero persone normali e trovavo divertente che la gente si comportasse in maniera strana davanti ai propri idoli del grande schermo. Ma ora era il mio turno, fanatica dei divi del cinema. Dirk Diamond aveva una presenza che si faceva notare, anche fuori dallo schermo. Mi sentii attirata da lui come da un magnete.

Sogghignai come un idiota, senza parole.

"Ciao." Strizzò l'occhio e mi sorrise prima di girarsi verso zia Amber. "Ci vediamo tra un momento, Amber." Salutò e ci superò diretto al camper di Scarabelli.

"Dirk Diamond mi ha strizzato l'occhio!" La sola idea di zia Amber coprotagonista con una star del calibro di Dirk Diamond era fuori da ogni logica. "Hai usato la magia. In qualche modo hai stregato l'intero cast e lo staff e gli hai fatto credere che sei una star."

"Ma certo che sono una star." Zia Amber fece il broncio. "Dubiti delle mie capacità?"

"Com'è successo che sei stata 'scoperta'?" Feci nell'aria il segno delle virgolette con le mani. Doveva esserci dell'altro. C'era sempre quando era coinvolta una strega.

"Steven e io ci conosciamo da tempo. Lui mi ha sempre detto che avrei dovuto recitare, che avevo carisma." Zia Amber alzò le spalle. "Ha perso l'attrice principale all'ultimo momento. Gli amici si aiutano tra loro. Non è molto importante come si sono svolti i fatti, ma solo che io ne faccio parte."

La sua versione degli eventi non mi convinceva. "Perché ora dopo tutti questi anni? Non sei mai stata interessata alla recitazione."

"Steven era in un guaio quando Rose è morta all'improvviso. Lo sto solo aiutando. Ci sarebbe voluto troppo tempo per fare nuove audizioni e poi trattare un nuovo contratto. Steven non si può permettere ritardi o nuovi talenti. Con questo film ha già superato il budget. E qui sono entrata in gioco io."

"Rose? Quale Rose?"

"Rose Lamont."

Rimasi senza fiato. "La moglie di Dirk Diamond? Quando è successo?" Non ne avevano parlato i giornali e Dirk non sembrava davvero sconvolto dal dolore. D'altra parte, era un attore e sapeva bene come mascherare le sue emozioni. Mi girai appena in tempo per vederlo entrare nel camper di Steven.

"Circa una settimana fa. Rose Lamont ha avuto un aneurisma cerebrale. Dirk ha tenuto tutto sotto silenzio. Non è ancora uscita la notizia." Disse zia Amber. "Solo trentasette anni. Un vero peccato."

"Dirk non mi è sembrato troppo sconvolto," dissi. "Sono sorpresa che le riprese non siano state rimandate dopo la sua morte." Mi sorprendeva anche il fatto che all'ultimo momento la location fosse stata sostituita con Westwick Corners. I due eventi erano collegati? In ogni caso, la tempistica destava dei sospetti: era morta una star e un'altra star, tra l'altro il marito, andava avanti come niente fosse.

"Dirk è un uomo coraggioso, ha deciso di fare il suo dovere," disse zia Amber. "Dopo un discorsetto che gli ho fatto io, s'intende."

"Eri lì, quando è successo?" Rose Lamont era giovane, atletica e il ritratto della salute. L'aneurisma è raro, ma colpisce in continuazione persone apparentemente sane. Tuttavia i tempi erano sospetti e io dovevo essere sicura che zia Amber non fosse coinvolta, anche indirettamente.

"Certo che no! Cen, stai insinuando che ho fatto qualcosa di losco per ottenere questo ruolo? Mi sento davvero insultata." Scosse la testa. "Ero a Londra e ci sono dei testimoni che possono provarlo."

Giunsero delle grida dal camper di Steven prima che io potessi rispondere.

Mi girai dall'altra parte.

Le voci di Steven e Dirk si sentivano per tutto il parcheggio anche se erano all'interno del camper. Stavano discutendo del contratto. Kim era rimasta all'esterno. Si faceva piccola ogni volta che Dirk alzava la voce.

Corrugai la fronte. "Se lei è la sua agente, non dovrebbe stare all'interno del camper a negoziare il contratto insieme a lui?"

Zia Amber non rispose.

Dirk saltò giù dai gradini del camper e si girò verso Kim. "Andiamo."

Kim lo seguì per qualche passo poi si fermò all'improvviso. Si girò e incrociò lo sguardo con Steven che stava saltando giù dai gradini del camper seguendo Dirk. Lei alzò le mani con i palmi all'esterno. "Mi dispiace davvero, Steven."

"Andiamo, Kim. Non hai nient'altro da dirgli." Il volto di Dirk era rosso di rabbia. "Andiamo via."

Kim seguì Dirk come un cucciolo che è stato rimproverato, un'espressione sofferente sul viso.

Steven si precipitò dietro alla coppia. "Non puoi farmi questo, Dirk."

"C'è qualcosa che non va," sussurrò zia Amber. "Era scontato che Dirk avrebbe firmato il contratto. Mi chiedo perché non sia successo."

Kim afferrò il braccio di Dirk e lo fece fermare a qualche metro da noi. "Stai facendo un errore, Dirk. Hai già dato a Steven la tua approvazione verbale. Vuoi che cambi qualche condizione? Lascia che gli parli io e vediamo cosa si può fare."

Steven Scarabelli era in piedi a qualche metro di distanza, incerto se seguire i due o tornare al suo camper.

"Non dirmi cosa devo fare, Kim." Dirk liberò il braccio dalla stretta di lei. "A meno che anche tu non voglia essere licenziata. Non lavorerò per Scarabelli né per nessun altro. Fonderò la mia società. Mi merito una percentuale maggiore dei guadagni."

"Ma Steven ti ha fatto diventare una star." Kim era chiaramente frustrata dal suo cliente. "Sai che questo sequel guadagnerà al botteghino quanto il primo film. Sono soldi facili e tu sai già le battute. Tutto quello che devi fare è farti vedere per qualche settimana, recitare e fare il film. È un accordo concluso."

Dirk pestò il piede. "È una bugia! Steven non ha reso me né nessun altro una star. La gente ha una considerazione troppo alta di lui. L'accordo non è concluso per niente. Non ho mai firmato e quindi ho diritto di cambiare idea."

"Ma Steven ha avuto fiducia in te. Andava bene tutto la settimana scorsa quando abbiamo discusso le condizioni." Kim indicò il set con il braccio. "Steven è andato avanti in buona fede basandosi sulla tua accettazione verbale. Ha investito tutto quello che aveva in questo film. Il cast e lo staff resteranno senza lavoro se non ci sei tu. E Steven si è già impegnato a pagarli."

"Non mi interessa. È un problema di Steven. Quella sceneggiatura è una merda e io non voglio che il mio nome venga associato una cosa simile." Dirk mimò il gesto del telefono e fece un cenno a Kim. "Chiamami più tardi."

Restammo tutti a fissare Dirk Diamond che si precipitava verso il suo camper. Non era per niente come il tipo che idolatravo sullo schermo. Anzi, mi veniva da disprezzarlo. Era il classico esempio di una prima donna esigente e intrattabile. Un vero idiota. Ma era un campione del box office e lo sapeva. Dovevano chinarsi tutti ai suoi voleri e soddisfare ogni suo capriccio. Non avevano scelta se volevano continuare a girare.

Kim Antonelli non disse una parola. Non ce n'era bisogno. La sua espressione disgustata era eloquente.

Steven si avvicinò a Kim. "Non riesci a farlo ragionare, Kim? Farò tutto quello che serve per farlo contento, lo prometto. Il tempo è denaro e io ho tutta questa gente sul set che aspetta di iniziare a girare. Scopri che cosa vuole Dirk. Qualunque cosa sia, la farò."

"Cercherò, Steven," Kim annuì comprensiva, "ma sai quanto sia imprevedibile."

Steven sembrava disperato. "È questo che mi preoccupa. I finanziatori mi stanno col fiato sul collo e io sono in ritardo con i pagamenti. Senza questo film sono in bancarotta."

"Non fare niente di avventato," sussurrai a zia Amber. Desiderava a tal punto questo evento che temevo avrebbe fatto apparire un altro protagonista.

"Mi dispiace, Steven. Ho cercato di ragionare con lui ma non mi ascolta," disse Kim. "Sono davvero frustrata, ma cosa posso fare? Sai che sono la sua agente solo di nome. Lui fa quello che vuole. Oltretutto sono anch'io senza soldi, non posso perdere lo stipendio."

Un uomo corse verso di noi agitando una cartella che aveva in mano. Era Rick Mazure, l'uomo che mi aveva aiutata poco prima con i vestiti di zia Amber. "Ehi Steven, ho pronta la revisione. Mi ci è voluta tutta la notte ma ora è pronta. Mi sembra buona. Poi approvarla?"

Steven lo scacciò con la mano. "Non ora, Rick. Non ho tempo di leggere perché Dirk se n'è appena andato dal set. Se non riusciamo a calmarlo non ci sarà nessun film da girare."

"Di nuovo? Non capisco." Le spalle di Rick si accasciarono per la delusione. "Dirk ha avuto tutto quello che chiedeva con questa revisione."

"Lo so. Vai avanti e falla circolare. Sono sicuro che quello che hai fatto va bene e non ho bisogno di controllarlo. Speriamo solo che Dirk torni in sé a breve in modo che possiamo iniziare a girare."

"Va bene, capo." Rick si allontanò nella stessa direzione di Dirk.

"Forse posso riuscire a far ragionare Dirk," zia Amber si rivolse a Steven. "Vediamo cosa riesco a fare."

"Vale la pena tentare. Altrimenti perderò milioni." Steven si strofinò la fronte con il palmo della mano. "Qualunque cosa fai, non potrà essere peggio di questo." Si girò e si diresse lentamente verso il suo camper, con le spalle ingobbite come se fosse stata la fine del mondo.

"Forza," afferrai il braccio di zia Amber e ci dirigemmo verso il set. Raggiungemmo in fretta Rick. "Devi essere arrabbiato per aver fatto tutto quel lavoro per niente," dissi.

Rick alzò le spalle. "Non sai mai cosa può succedere con Dirk. È imprevedibile ma alla fine si va avanti. Sto lavorando con Dirk su un altro progetto: un thriller ad alto numero di ottani. Ho appena finito la sceneggiatura anche di quello. Soddisfo tutte le sue richieste solo perché il suo nome sul cartellone garantisce un certo successo di pubblico."

Ci dirigemmo con Rick verso il set, dove Dirk, diretto al suo camper, si era fermato per discutere con un operaio.

"Almeno Dirk non se n'è ancora andato." Zia Amber si diresse verso di lui e io la seguii.

Dirk si girò verso Rick, mentre ci stavamo avvicinando, con un'espressione di disprezzo sul volto. "Cosa vuoi?"

"Sei riuscito a dare un'occhiata alle modifiche che ho fatto alla sceneggiatura?" Rick agitò i fogli davanti a Dirk. "Ne ho qui una copia."

"Non darti pena, Rick. La tua sceneggiatura è una merda. Non sono riuscito ad andare oltre le prime pagine. Il tuo cosiddetto thriller mi fa solo dormire."

Il volto di Rick era inespressivo. "Accetto suggerimenti. Dimmi quali parti…"

Dirk agitò la mano avanti e indietro con il palmo verso l'esterno. "È tutto una schifezza. Non farmi perdere tempo. Ne ho abbastanza di tutti voi. Avvierò la mia società di produzione, con le mie sceneggiature. Basta con i parassiti che si arricchiscono grazie al mio talento."

Kim si materializzò di fianco a Dirk, con un'espressione sofferente. In quanto sua agente, lei guadagnava una percentuale di tutto quello che guadagnava Dirk Diamond ma a giudicare dalla sua espressione l'impegno era enorme.

"Dirk, dobbiamo parlare," zia Amber sorrise. "Questo film lo puoi fare a occhi chiusi. Ricorda che cosa ti ho detto a proposito dell'essere professionali."

L'espressione cupa di Dirk si trasformò in un sorriso mansueto. "Hai ragione come sempre, Amber. Vorrei riuscire a essere come te."

Mi cascò la mandibola. Zia Amber aveva un certo fascino su Dirk, solo che questa volta la magia non era coinvolta. Se fosse stato un incantesimo, lo avrei sentito. Ma non c'era attrazione magnetica, nessuna sensazione di qualcosa che non fosse la forza della personalità. Che zia Amber ovviamente aveva. Nonostante questo, era piuttosto difficile da credere.

Kim sospirò, sollevata per il fatto che qualcuno fosse riuscito a far ragionare il suo capo.

"Dirk è il mio *protégé*. Noi ci conosciamo da tempo, vero Dirk?" Zia Amber si girò verso di me. "Ho aiutato Dirk ad avere la sua prima grande opportunità nello show business. A dire il vero, il suo primissimo film è stato con Steven Scarabelli. Ci conosciamo tutti da tanto tempo."

"Sì," disse Dirk. "Abbiamo fatto storia insieme."

"Questa volta Steven ha bisogno di noi." Zia Amber diede delle pacche amichevoli sul braccio di Dirk. "Ora andiamo a vedere Steven e cerchiamo di risolvere tutto. Sarai contento di averlo fatto."

Dirk sporse in fuori il labbro e rimase un momento pensieroso. "D'accordo, Amber. Andiamo, Kim."

Kim lo seguì nel cambio di direzione e si diressero di nuovo verso il camper che fungeva da ufficio di Steven.

Io osservai mia zia, scioccata dalla presa che sembrava avere su Dirk. Lui l'aveva ascoltata in un momento in cui non avrebbe dato retta a nessun altro.

Lei vide che la guardavo e fece un sorriso furbo. "Cosa?"

"Niente." Voleva che le facessi complimenti, ma io non avrei ceduto. Non volevo gonfiare il suo ego più di quanto fosse già in quel momento.

"Non hai del lavoro da fare?" Zia Amber picchiò il piede mentre mi fissava.

"Eh? Ah, sì, certo." Non credo che le storie per il mio giornale fossero nelle più vaghe idee di zia Amber.

"I miei vestiti non si stirano certo da soli."

"Ehm… Ci penso io." Non avevo intenzione di occuparmi del suo guardaroba, ma l'ultima cosa che desideravo era un nuovo tiro alla fune sul set. Non avevo idea da dove venissero i cambiamenti da camaleonte della zia Amber ma la mia zia solitamente equilibrata stava diventando pessima quasi quanto Dirk.

O quanto zia Pearl. Mi venne in mente che non le avevo ancora chiesto del lavoro di zia Pearl.

"Bene. Io ho da fare sul set." Zia Amber mi licenziò con un gesto della mano e si girò. Attraversò la strada verso la vecchia banca.

Fui sollevata di non vedere traccia di Dirk o Kim. Dovevano già essere nel camper di Steven a parlare. Io rimasi ad aspettare che zia Amber entrasse nell'edificio. Poi ritornai verso il camper di Steven sperando di cogliere qualcosa della conversazione. Quando Dirk e Kim se ne fossero andati, speravo di arraffare qualche minuto con Steven per scrivere qualcosa.

Non mi ero ancora allontanata che udii delle voci venire dal lato dell'edificio con la banca. Non riuscivo a vedere, ma riconobbi la voce di Dirk Diamond che parlava con Steven Scarabelli. Mi avvicinai lentamente e le loro voci si alzarono.

"Possiamo cambiare la sceneggiatura, le condizioni, quello che vuoi," disse Steven.

"Ok, va bene. Voglio cambiare queste cose nella sceneggiatura."

Ci fu un frusciare di fogli e qualcuno che scalciava nella polvere.

"Nessun problema," disse Steven. "Grazie, Dirk. Sono davvero felice che riusciamo a risolvere questo problema."

"Ah, un'altra cosa," disse Dirk.

"Dimmi."

"Caccia la vecchia. O se ne va Amber West o me ne vado io."

Restai senza fiato. A zia Amber questo non sarebbe piaciuto.

CAPITOLO 5

apina di mezzogiorno stava cominciando a sembrare piuttosto *Ricatto di mezzogiorno*. Rimasi dall'altra parte della strada e guardai gli operai sul set che lavoravano freneticamente per sistemare i cambiamenti previsti dalla sceneggiatura rimaneggiata. Non ero mai stata prima sul set di un film. L'attività frenetica che prima avevo scambiato per confusione in realtà era una sinfonia ben accordata di cast e operai. Si spostavano avanti e indietro, svolgendo contemporaneamente centinaia di compiti per approntare l'ambientazione della prima scena. E probabilmente un centinaio di questi sarebbero stati inutili, a causa dell'arroganza e delle pretese di Dirk Diamond.

Non mi aspettavo che la revisione della sceneggiatura portasse molto più di qualche cambio nelle battute per gli attori, ma in realtà Dirk aveva anche chiesto che la banca fosse pitturata di una tonalità diversa di azzurro! I fumi della vernice si alzavano nell'aria mentre i pittori ripulivano e smontavano il ponteggio.

Provai un rinnovato rispetto per gli operai, costretti a seguire i capricci di una star viziata. Nonostante le pretese di cambiamento dell'ultimo minuto da parte di Dirk, il set era finalmente pronto. Tutto quello che rimaneva erano alcune nuove modifiche da parte di

Rick Mazure, soprattutto per garantire la continuità tra l'ultima versione di Dirk e la sceneggiatura originale. Per fortuna si trattava solo di variazioni alle battute del protagonista. Il resto della scena della fuga dopo il furto alla banca restava invariato.

Mi guardai intorno e fui sorpresa di vedere zia Pearl a qualche metro di distanza. Ero contenta che non avesse ancora parlato zia a Amber perché avrebbero potuto litigare e ritardare nuovamente le riprese. Non ero sicura se zia Pearl avesse cambiato idea o fosse venuta solo a guardare. In ogni caso era positivo. Una volta che le riprese fossero iniziate avrebbe potuto vedere quanto fosse interessante il lavoro dell'assistente all'attrezzatura di scena.

In quel momento sembravano tutti rilassati e felici, desiderosi di procedere. Tranne Dirk, che aveva l'aspetto di uno che avrebbe preferito essere in qualunque altro posto. L'impazienza dell'attore protagonista cresceva a ogni minuto e io sperai che non fuggisse dal set prima del ritorno di Rick con le nuove riscritture.

Ero ancora sorpresa del fatto che Dirk fosse andato avanti con le riprese nonostante la morte improvvisa della moglie. Poteva essere che tenesse di più al cinema che alla moglie… considerata la tirata che aveva fatto al camper di Steven ne dubitavo. Rose Lamont era stata la moglie e la sua compagna sul set. Poteva essere davvero uno stoico o… Era qualcosa di troppo tremendo per pensarci.

D'altra parte, guardavo troppe trasmissioni sul crimine e quindi pensavo sempre al peggio. L'attentato era una possibilità reale, soprattutto perché Rose aveva parecchi anni meno di Dirk ed era una fanatica del fitness. Non ci si aspetta che una persona del genere muoia così all'improvviso. Mi feci una nota mentale di raccogliere maggiori informazioni sulla sua morte improvvisa.

Ancora più strano era che la mia zia quasi pensionata fosse stata scelta come rimpiazzo di Rose Lamont. Tra le due non c'era confronto per l'età o l'esperienza e dubitavo che la zia Amber potesse avere lo stesso successo di botteghino di una trentenne. E sapendo che Dirk voleva che fosse licenziata, mi aspettavo che il peggio dovesse ancora arrivare.

Stranamente, zia Amber non sembrava essere nella scena di apertura. Era rimasta qualche metro indietro, a posare per i fotografi. Aveva un fotografo personale per gli scatti da mettere nel suo book da attrice. C'era la possibilità che fosse stata esclusa in una delle ultime riscritture della sceneggiatura oppure aveva esagerato il suo ruolo da protagonista. Il mio istinto mi diceva che era la seconda.

"Girati leggermente a sinistra." Il fotografo sistemò la macchina. "Sì, bella così. Rimani ferma."

"Assicurati di farne molte dal mio lato buono." Zia Amber sorrise alla macchina fotografica. Aveva già decine di scatti del lato buono, del lato cattivo e fuori campo. Aveva delle foto anche con Dirk, Arianne e alcuni altri membri del cast, riluttanti e sempre più scocciati dalle sue distrazioni. Così tanti, in effetti, che Steven le aveva fatto notare che stava ritardando le riprese.

"Ecco le correzioni." Rick Mazure camminava a lunghi passi sul set, senza fiato e scompigliato. La giacca del vestito era stropicciata, la camicia sbottonata e una riga di sudore copriva la fronte. "Cambiamenti abbastanza importanti, quindi leggete tutti bene le vostre battute." Passò a ogni membro del cast e dello staff una copia della sceneggiatura presa da una grossa pila di pagine azzurre.

L'uomo grosso e pelato al mio fianco imprecò sottovoce. Bill Kazinsky era proprio come l'aveva descritto zia Pearl, ma non sembrava proprio un pigro. Nonostante le sue lamentele, tutto da solo aveva sistemato l'attrezzatura secondo tutte le richieste di Dirk Diamond senza perdere tempo.

"Pensavo fossero meno significativi." Bill strappò dalle mani di Rick l'ultima copia e scorse le pagine. Poi puntò l'indice sulla sceneggiatura: "Cosa diavolo è questo? Dovevano essere coltelli, non pistole. Come faccio adesso?"

"È così difficile?" Chiesi.

"Sì, è un gran casino." Imprecò. "Sono a centinaia di chilometri dallo studio e tutta la maledetta attrezzatura è sbagliata. Perché non poteva essere giusto la prima volta?"

Rick alzò le mani con i palmi all'esterno. "Mi dispiace, Bill. Ho fatto le correzioni come mi è stato detto. Se hai domande, parlane con Steven. È lui il capo."

Da quello che avevo visto fino a quel momento, cominciavo a pensare che fosse Dirk Diamond a condurre le danze.

"Sì, certo." Bill maledisse sottovoce se ne andò a qualche metro di distanza. Tutte le attrezzature erano impilate in un semicerchio di un metro e mezzo di altezza con una piccola apertura di nemmeno un metro. L'attrezzatura impilata formava una fortezza fatta in modo da avere un solo punto di ingresso e da proteggere tutto quello che c'era all'interno.

Io lo seguii e mi fermai davanti alla fortezza di Bill. Quella mini-Stonehenge consentiva l'ingresso a una persona per volta. Bill si girò di lato e si infilò attraverso l'apertura. Perlustrò il suo magazzino con un'espressione frustrata.

"E ora dove vado a trovare cinque pistole di inizio ventesimo secolo? Mica crescono sugli alberi." L'uomo grasso si sedette su uno sgabello all'interno della fortezza e si strofinò la fronte.

"Hai bisogno di pistole? Le ho io." Zia Pearl si materializzò al mio fianco. Brandiva una pistola in ogni mano. "Posso averne altre in un batter d'occhio."

Con la bocca mimai la parola *no*. Non era né il momento né il luogo per mostrare il fatto che era una strega o far pensare che avesse un collegamento segreto con dei trafficanti di armi. Una zia Pearl armata mi faceva venire una fifa blu. Le pistole erano molto peggio del fuoco.

"Mhmm... Fammi vedere." Bill riemerse dal suo antro e afferrò una delle pistole. Se la rigirò tra le mani. "Questa potrebbe andare bene. Però abbiamo bisogno che siano sei."

"Nessun problema, aspetta un attimo." Zia Pearl sparì dietro un angolo per tornare poco dopo con una borsa al braccio. Era così pesante che la sua spalla si abbassava. Passò la borsa a Bill. "Guarda queste."

Mi faceva piacere che zia Pearl sembrasse nuovamente interessata al lavoro agli attrezzi di scena.

Bill prese una pistola dalla borsa. "Ehi, queste sembrano davvero vecchie. Dove le hai prese?"

41

"Non è importante, se ti piacciono." Zia Pearl fece un finto inchino e sbatté le ciglia. "Al suo servizio, signor Bill."

Io mi girai verso Bill. "Non devi provarle prima per vedere se funzionano?" Il comportamento vomitosamente dolce di zia Pearl significava che stava combinando qualcosa. Sospettai che fosse per minacciare zia Amber. La rivalità tra sorelle streghe era del tipo peggiore.

"Certo, hai ragione. Ma non c'è abbastanza tempo." Bill corrugò la fronte. "Ora che ci penso, ho alcune pistole che potrebbero funzionare. Perché Rick non ha scritto la scena nel modo giusto all'inizio?" Bill lanciò un'occhiata di fuoco verso Rick. Lo sceneggiatore non era a portata d'orecchi oppure lo stava ignorando di proposito.

Bill si chinò e frugò in un grande scatolone. "Maledizione, non le ho nella mia scatola dei costumi. Dovrò tornare al camper per prenderle."

Zia Pearl alzò la mano. "Andrò io, dimmi solo dove sono."

Bill scosse la testa. "Sono chiuse in un posto sicuro." Puntò il dito verso zia Pearl. "Tu… Guarda lo scatolone. Non lasciare che nessuno prenda niente." Girò sui tacchi e se ne andò.

Zia Pearl imprecò sottovoce. "Faccio tutto il lavoro e non vengo rispettata. Gli ho trovato le pistole. E invece di fare qualcosa di produttivo, sono bloccata qui a fare da baby-sitter a questa stupida scatola di giocattoli. Non mi pagano a sufficienza per questo."

"Hai appena iniziato. Non hai ancora fatto niente. E comunque, nessuno ti pagherà. Ti sei offerta volontaria per aiutare con gli attrezzi di scena, ti ricordi?" Era abbastanza chiaro che Bill non aveva davvero bisogno del suo aiuto.

"Sì, beh. Mi aspettavo un po' più di eccitazione da un film d'azione. Sto cominciando a pentirmene. Potrei aver bisogno di movimentare un po' le cose." Zia Pearl si strofinò il mento, immersa nei pensieri.

Un brivido mi percorse la schiena. Zia Pearl che pensava era qualcosa di pericolosissimo.

"Non osare creare altre pistole. La gente potrebbe farsi delle idee sbagliate." Nessuno avrebbe mai scambiato zia Pearl per un terrorista, ma si sarebbero spaventati nel vederla armata fino ai denti con un bel mucchio di pistole.

"Potrei far risparmiare a tutti un sacco di tempo. Bill non è esattamente un velocista. C'è un sacco di talenti strapagati che stanno lì a far niente." Incrociò le braccia e picchiò il piede. "Io mi offro di aiutare ma lui non accetta. È ovvio che si sente minacciato da me."

"Ne dubito," dissi. "È un lavoro che fa da tanti anni. Magari è lento ma sa che cosa fa."

Zia Pearl scosse lentamente la testa. "Se avesse letto la sceneggiatura, saprebbe che l'ultima versione ha anche gli esplosivi."

"E tu come lo sai?"

Zia Pearl alzò gli occhi al cielo ed estrasse un fascio di fogli dalla tasca posteriore. "Vediamo… Proprio qui, a pagina tre." Picchiettò la pagina con l'indice.

"Dove lo hai avuto?" Mi avvicinai per guardare meglio. La riga in fondo al foglio diceva versione cinque, che corrispondeva a una versione più nuova rispetto a quella che Rick aveva appena dato a Bill.

"Me l'ha data Rick." Allontanò in fretta il foglio lo tenne sopra la testa. "È una copia preliminare."

"Sei sicura di averla letta bene?" Il suo sorriso compiaciuto mi diceva che stava mentendo. Riguardo la sceneggiatura, gli esplosivi o entrambi, non ero sicura. Quello di cui ero assolutamente certa era che coinvolgerla era stato un grande errore.

"Sì che sono sicura. Rick mi ha dato questa sceneggiatura come precauzione perché sa quanto è disorganizzato e incompetente Bill. Forse è meglio che vada di persona a vedere Steven Scarabelli. È probabile che mi assumerà così su due piedi come responsabile del materiale di scena e della pirotecnia. Potrei fare un lavoro molto migliore."

Non riuscivo a immaginare effetti pirotecnici in un western, ma poi mi ricordai che a quell'epoca avevano la dinamite. Rabbrividii nell'immaginare Dirk Diamond che faceva saltare in aria la cassaforte di una banca e il vecchio edificio che la ospitava cadere in un mucchio di mattoni. Avevo la sensazione che qualunque dinamite avesse fornito zia Pearl sarebbe stata reale. L'edificio era decisamente troppo vecchio per sopportare un evento simile e noi non potevamo permetterci le riparazioni. Speravo che zia Pearl stesse mentendo ma non ci avrei giurato. Dovevo trovare Rick Mazure per assicurarmi delle sue pretese.

O zia Amber. Probabilmente lei era l'unica che avrebbe potuto tenere a bada l'ostinata ricerca di potere della sorella.

Zia Amber.

Guardai nel punto in cui stava posando per i fotografi ma se n'era andata. Era rimasto solo il fotografo che stava sistemando la sua attrezzatura.

Perlustrai il set alla ricerca di zia Amber e la notai all'altra estremità, che stava parlando, o piuttosto discutendo, con Steven Scarabelli. A giudicare dal suo volto rigato di lacrime le era arrivata la notizia. Steven aveva ceduto alle pretese di Dirk Diamond e l'aveva licenziata.

Lottai contro il desiderio di correre ad abbracciare mia zia. Sapevo che non avrei fatto altro che umiliarla ulteriormente. Valutai se dirle della conversazione tra Dirk e Steven ma a cosa sarebbe servito? Niente che io avessi detto o fatto avrebbe cambiato il risultato.

Non volevo nemmeno minare ulteriormente il film. Il cast e lo staff avevano portato soldi a Westwick Corners. La locanda di famiglia era al completo e la mamma stava guadagnando anche con il catering. Sarebbe stato un disastro per tutti se Steven Scarabelli avesse lasciato la città per girare da qualche altra parte. Questo se in realtà il film fosse andato avanti.

"Te ne pentirai!" Zia Amber si girò e si precipitò fuori dal set, diretta al suo camper. Quasi si scontrò con Bill, che stava ritornando con una cassetta di legno. Lei imprecò e sgomitò superandolo.

Bill borbottò e si allontanò da lei. A grandi passi Bill si diresse verso i membri del cast che erano sul set. Appoggiò per terra la cassetta di legno e la aprì con la chiave, poi ne estrasse pistole che distribuì a ognuno degli attori. Poi richiuse la cassetta e venne verso di noi. Sollevò la cassetta di legno sopra la grande scatola in cui aveva cercato in precedenza. Poi gliela lasciò cadere sopra con un tonfo.

La testa del fotografo si girò all'improvviso per il rumore. Corrugò la fronte vedendo zia Amber lontano dal set.

"Cen? Mi senti?" Zia Pearl mi tirava per il braccio, apparentemente inconscia del licenziamento di zia Amber.

"Eh?" Annuii, anche se non avevo sentito una parola di quello che zia Pearl aveva detto. Fortunatamente fui salvata dal grido del regista. Guardai gli attori prendere posto e mi fissai in mente di controllare zia Amber alla fine della scena.

Alla fine le riprese erano iniziate.

"Tutti ai vostri posti." Steven Scarabelli era tornato sul set, rosso e senza fiato. Fece segno con la mano verso il set, con la disperazione sostituita dall'ottimismo.

"Sarà meglio che quello fosse l'ultimo cambiamento. Dai un'occhiata al materiale, Pearl. Ho bisogno di fumare." Bill puntò il dito a zia Pearl prima di attraversare la strada.

"Cosa c'è...?"

Strinsi con la mano la spalla ossuta di mia zia e mi portai un dito alle labbra.

Lei si acciglò ma rimase in silenzio.

"Azione!" Gridò Steven.

Le porte della banca si aprirono all'improvviso e Dirk Diamond saltò fuori dall'edificio. Corse in mezzo alla strada verso una Ford nera in attesa, con il lungo soprabito nero che lo seguiva. Aveva una pistola in una mano e la borsa con il bottino nell'altra. Un altro uomo con i jeans e un gilè di velluto lo seguiva, puntando la sua pistola in un arco di difesa intorno a loro mentre attraversavano la strada.

L'autista della Ford saltò fuori dal posto di guida e rimase di fianco all'auto, facendo cenni frenetici a Dirk con una mano e stringendo un coltello nell'altra.

Poi tre uomini saltarono fuori da dietro a un edificio sul lato opposto della strada, puntando le pistole verso Dirk e l'altro uomo. Quello davanti fece fuoco colpendo il complice di Dirk. L'uomo fece cadere la pistola e gridò. Barcollò verso l'auto, stringendosi il braccio mentre si infilava nel sedile posteriore.

Arianne Duval corse fuori dalla banca gridando. Rimase impietrita sul marciapiede di legno quando vide gli uomini. L'autista agitando il coltello saltò di nuovo al posto di guida della Ford proprio nel momento in cui Main Street si trasformava in una sparatoria da spaghetti western. Le pallottole volavano, i cavalli si nascondevano e i cani abbaiavano correndo freneticamente in confusione. Quando finalmente la polvere si posò, cinque uomini erano immobili a terra.

"No!" Gridò Arianne. Corse verso Dirk e si inginocchiò di fianco a lui. Poi si girò verso la macchina da presa e sussurrò: "È morto."

"Stop! Ottimo lavoro tutti quanti!" Rimbombò la voce di Steven. Mostrò il pollice verso l'alto mentre correva via dal set verso il camper.

Gli attori si alzarono e si spolverarono i vestiti.

Tutti tranne Dirk Diamond.

Lui non si alzò mai più.

CAPITOLO 6

"*H*anno sparato a Dirk!" Gridò Arianne.

"Lascia perdere, Arianne. Siamo in pausa." Un attore alto e biondo, uno di quelli che avevano partecipato alla scena, le fece cenno di allontanarsi dal set.

Zia Pearl sbuffò. "Ma certo che gli hanno sparato. Ha partecipato a una sparatoria, sciocca. È quello che si suppone debba succedere." Si girò verso di me. "Qui nessuno sa cosa sta facendo."

"Basta, zia Pearl! Non è il momento di essere sarcastici." Dirk indossava una camicia bianca da cowboy sotto il soprabito. Trovandomi in una posizione di vantaggio, vidi un cerchio rosso allargarsi lentamente sulla sua camicia. Mi resi conto con orrore che quella macchia non faceva parte del film. Uno sparo finto richiedeva sangue finto, ma dal momento che la scena terminava non appena si cominciavano a udire gli spari, il sangue finto era decisamente inutile.

Anche Arianne l'aveva notato.

Mi portai la mano alla bocca mentre mi rendevo conto della realtà. Tutti gli altri attori, tranne Arianne, se ne stavano andando. Dirk rimase a terra senza muoversi. Non si era mosso di un millimetro.

"Ne ho fino a qui." Zia Pearl si portò al mento il dorso della mano. "Non hai idea di come ci si senta a dover prendere ordini da quel buffone incompetente. Ho chiesto a Steven di farmi crescere. Potrei fare un lavoro molto migliore di Bill anche con una mano legata dietro la schiena."

La fulminai con lo sguardo. Fortunatamente erano tutti distratti dalle grida di Arianne e non avevano sentito la crisi di zia Pearl.

Zia Pearl scosse la testa e alzò le spalle. "Ho cercato di aiutarlo ma è troppo testardo per vedere il modo sbagliato in cui lavora."

La ignorai. A questo punto Dirk avrebbe dovuto alzarsi.

Avevamo appena assistito a un tragico incidente o, cosa abbastanza possibile, a un omicidio.

Arianne correva freneticamente avanti e indietro tra l'edificio e la strada, dove giaceva il corpo senza vita di Dirk in mezzo alla polvere. "Qualcuno mi aiuti... Non respira!"

Seguì una frazione di secondo di silenzio mentre si faceva strada la gravità dell'affermazione di Arianne. Poi tutti corsero verso Dirk.

"Troppo tardi." Uno degli attori si inginocchiò di fianco a Dirk. "Penso che sia morto."

Trattennero tutti il fiato, tutti i venti membri circa del cast e dello staff che si erano radunati intorno a Dirk in un semicerchio ampio. Anche se nessuno sembrava addolorato quanto Arianne, c'erano diverse facce spaventate. Erano tutti sotto choc.

"Gli hanno sparato sul serio. Non sta recitando." Mi girai di lato verso zia Pearl ma lei era sparita.

La vidi che camminava rapida lontano dal set. Era già a mezzo isolato di distanza e aveva raggiunto Steven. Lui doveva aver lasciato il set nell'istante in cui la scena era terminata. A giudicare dal suo passo tranquillo e senza fretta doveva essere completamente all'oscuro di quello che era appena successo a Dirk.

Bill corse verso di me, una sigaretta che pendeva dalla bocca. Inspirò profondamente, poi la tolse dalla bocca e la schiacciò per terra con il piede. "Cosa diavolo è successo adesso? Perché stanno tutti lì in piedi?"

Io scossi la testa. "Dirk si è preso una pallottola nel petto. È morto."

Lui strizzò gli occhi. "Stai cercando di fare la spiritosa?"

"Non è uno scherzo."

"Non ci credo. Un altro cambiamento alla sceneggiatura, vero?" Gli occhi di Bill saettavano senza sosta tra me e il corpo senza vita di Dirk.

"Temo di no." Scrutai il suo volto alla ricerca di qualche segno di inganno, ma sembrava sinceramente sorpreso.

Bill camminava avanti e indietro, il volto pallido. "Come può essere successo? Chi gli ha sparato? Dove sono?"

Io abbassai la voce. "Non lo so ma la pallottola sembra essere uscita da una delle tue pistole."

"È impossibile," disse Bill. "Le mie pistole non erano cariche, non lo sono mai. Non hanno pallottole, solo colpi a salve."

"Ne sei sicuro?" Perlustrai la strada nel punto dove avevo visto l'ultima volta zia Pearl e Stephen. Stavano avendo una discussione accalorata su qualcosa apparentemente entrambi ignari della tragedia che avevamo davanti agli occhi. Mi girai verso Bill.

"Certo che sono sicuro. Ho controllato personalmente ogni pistola prima di passarle agli attori. Non possiedo nemmeno le pallottole." Mi fulminò con lo sguardo. "Pensi che io abbia qualcosa a che fare con il fatto che hanno sparato a Dirk? Perché diavolo avrei dovuto farlo?"

Mossi le mani facendo segno di lasciar perdere. Potevo pensare a un bel po' di motivi. "Nessuno sta accusando nessuno. Solo constatando i fatti. Hanno sparato a Dirk."

Arianne camminò rapida verso di noi. Si fermò all'improvviso davanti a Bill e lo guardò minacciosa. "Tu ci hai dato delle pistole cariche? Saremmo potuti essere tutti morti ora. Come hai potuto essere così stupido?"

"Ma certo che non vi ho dato pistole cariche. Pensi che sia un idiota? Le pistole avevano solo colpi a salve." Bill si grattò la testa. "Non riesco a capire."

"Dovrai spiegare un sacco di cose, Bill," disse Arianne. "Sei l'unico che ha toccato quelle pistole."

"Non sappiamo se siano tutte cariche. È stata sparata solo una pallottola," dissi. Era irrilevante, si poteva verificare in seguito, ma non volevo che si facessero tutti prendere dal panico e saltassero alle conclusioni.

Bill alzò le braccia con i palmi all'esterno. "Non erano cariche, lo giuro. Qualcuno ha caricato la pistola dopo che io le ho date agli attori."

"Se qualcuno le avesse manomesse, lo avremmo visto," dissi. "Le hai distribuite appena prima dell'inizio delle riprese. Tutti gli occhi erano puntati sul set."

"Beh, qualcuno ha fatto qualcosa. Forse Pearl c'entra qualcosa. Dov'è?"

"Lei non ha toccato le pistole. Ne sono sicura." Il tentativo disperato di Bill di spostare l'attenzione mi irritò seriamente. Non potevo biasimarlo per essere arrabbiato, sconvolto o entrambi, ma non era una scusa sufficiente per rendere zia Pearl il capro espiatorio della sua trascuratezza. Ero contenta che lei non avesse sentito quell'accusa. Certamente sapeva badare a sé stessa ma era proprio quello che temevo. Non volevo darle il pretesto per scatenare un incendio.

Il volto di Bill arrossì di rabbia contenuta malamente. "Devi aver guardato da un'altra parte per un minuto."

"No, l'ho vista per tutto il tempo. Vai tu a chiederglielo. Forse lei ha visto qualcosa di cui io non mi sono accorta." Inclinai la testa nella direzione in cui era andata la zia. "È dall'altra parte della strada e parla con Steven in questo momento."

Senza dubbio zia Pearl si stava dando da fare per avere il lavoro di Bill, ma in quel momento non aveva importanza. Senza Dirk Diamond, il film non poteva procedere. Anche il ruolo di Bill di responsabile degli attrezzi di scena non era più necessario. Una grande star morta significava niente film, almeno non in tempi brevi.

Arianne tremava e singhiozzava con le mani sul volto. "Com'è potuto succedere? Un momento prima Dirk correva ed era pieno di vita. Il minuto dopo è morto."

Alcune coincidenze mi impensierivano. Prima Rose Lamont, moglie di Dirk e coprotagonista e ora Dirk. Anche se Rose si supponeva fosse morta per un aneurisma cerebrale, la coincidenza era troppo precisa e inusuale: una coppia sposata nel fiore degli anni che moriva a pochi giorni di distanza. La morte di Dirk era una tragica coincidenza o qualcuno li voleva entrambi morti?

Una pistola carica e vere pallottole invece di colpi a salve implicava che qualcuno aveva manomesso le armi. Tuttavia Bill insisteva di averle controllate e io l'avevo osservato distribuirle. A parte decine di testimoni, l'intera cosa era stata filmata. Sarebbe stato semplicemente questione di rivedere il girato per identificare chi aveva sparato.

Supponendo che fosse omicidio, perché commetterlo davanti a decine di persone? O il killer era decisamente sfrontato o incredibilmente stupido. O forse stava cercando di incastrare un innocente.

Lasciai perdere, sperando contro tutti i pronostici che la mia intuizione fosse sbagliata.

CAPITOLO 7

*P*resi il cellulare e composi il numero dello sceriffo Tyler Gates. "Vieni subito sul set del film, hanno ucciso Dirk Diamond."

Decine di membri del cast stavano in piedi in un silenzio stupefatto, formando un ampio cerchio intorno al corpo senza vita dell'attore protagonista. Tra lo staff si era sparsa subito la voce. Erano tornati tutti in fretta sul set e restavano silenziosi davanti all'enormità di quanto era successo. Stava prendendo corpo la realtà del fatto che qualcuno aveva sparato al protagonista e, nel farlo, cancellato ogni possibilità di paga futura. Aveva eliminato anche ogni possibilità per Westwick Corners di diventare la Hollywood del Nord.

"Sono qui." Fece eco la voce di Tyler mentre a lunghi passi si avvicinava a me e al cadavere di Dirk, a pochi metri. La sua espressione era indefinibile tranne per la bocca, che era stretta in una linea sottile. "Amber mi ha appena avvisato."

"Zia Amber? Pare che le notizie viaggino in fretta." Mi accigliai. "Pensavo che avesse già lasciato il set."

Tyler piegò la testa indicando zia Amber in piedi a poca distanza. "Mi ha detto che era proprio qui quando è successo. È corsa in municipio a chiamarmi."

Seguii Tyler mentre lui si dirigeva verso il corpo di Dirk. Chiamò al cellulare l'unità scientifica. Westwick Corners era troppo piccola per avere il proprio staff investigativo e forense, così lo sceriffo doveva affidarsi all'unità CSI di Shady Creek, a un'ora di distanza. Tyler avrebbe dovuto cavarsela da solo fino a che fossero arrivati i rinforzi.

Ero sollevata ma anche confusa nel vedere zia Amber di nuovo sul set. "Ero così impegnata a guardare le riprese che immagino di non averla notata."

"Devono essere successe tante cose tra le riprese e il resto," disse Tyler. "Raccontami tutto."

Gli riferii quello che avevo visto. "Non c'era niente che non andava per quello che ho potuto constatare. La scena della sparatoria seguiva il copione, a parte il fatto che Dirk Diamond non si è più alzato alla fine delle riprese."

Bill si fece largo a spallate davanti a me per ottenere l'attenzione di Tyler. "Nel caso qualcuno stesse puntando il dito contro di me, non sono stato io. Non ho ucciso Dirk."

"Nessuno ha detto che sei stato tu." Tyler si strofinò il mento in atteggiamento pensoso. "Perché lo pensi?"

"Perché qualcuno ha sabotato una delle mie pistole caricandola con pallottole vere." Bill si strofinò il palmo della mano sulla testa quasi calva. "Non so come o quando sia successo ma sono stato incastrato. Le mie pistole non erano cariche."

Tyler sollevò un sopracciglio. "Dov'eri durante la sparatoria?"

Bill sembrò imbarazzato. "Fuori a fumare. Ma solo dopo aver distribuito le pistole. Le ho controllate tutte personalmente per assicurarmi che avessero solo colpi a salve. Qualcuno deve averle manomesse dopo."

"Qualche testimone?" Tyler estrasse un blocchetto per appunti dalla tasca della camicia. "Chi aveva accesso alle pistole?"

Bill si guardò intorno nervosamente. "Beh, Pearl mi stava aiutando."

"Lei comunque non ha mai toccato le pistole." Fulminai Bill con lo sguardo, furiosa per il fatto che continuasse a insinuare che zia Pearl

COLLEEN CROSS

fosse coinvolta in qualche modo. Ero anche infastidita dal fatto che la
zia avesse scelto proprio questo momento per sparire, lasciandomi
sola a difenderla.

In effetti, ero così arrabbiata per il fatto che Bill la stesse usando
come capro espiatorio che ero tentata di lanciargli una maledizione.
Ma pareggiare i conti non avrebbe risolto la situazione. In ogni caso,
conoscevo solo la magia bianca, quindi una maledizione era impossibile. Se solo avessi conosciuto un incantesimo di verità, lo avrei
potuto lanciare su tutti. Zia Pearl sapeva senz'altro se esisteva una
cosa simile.

D'altra parte era da irresponsabili mettersi in mezzo in un'indagine per omicidio. Mi chiedevo chi avesse un movente. Anche se
praticamente tutti odiavano Dirk Diamond, lui era l'unico motivo
della loro sopravvivenza. Con la sua morte, perdevano tutti.

Almeno, tutti quelli di mia conoscenza.

Tornai a concentrarmi su Bill e Tyler. La loro discussione diventava più accalorata con il passare del tempo.

"Quello che intendevo era che Pearl mi stava aiutando in generale,"
ammise Bill. "Ho controllato le pistole nel camper prima di portarle
sul set. Puoi andare a perquisire il camper se vuoi. Non troverai
pallottole."

"Lo farò," disse Tyler. "Nel frattempo non andare da nessuna parte.
Ho bisogno di una tua dichiarazione dopo aver delimitato la scena."
Era stato attento a non definirla scena del crimine, ma a giudicare
dalla sua espressione aveva già deciso che la morte di Dirk non era
accidentale.

"Oh oh." Lanciai un'occhiata dall'altra parte della strada e vidi il
sindaco Brayden Banks camminare veloce verso di noi. Sembrava
stranamente fuori posto in mezzo agli operai vestiti da lavoro. Le sue
scarpe, i pantaloni e anche la giacca scura del vestito mostravano una
leggera ombra di beige della strada polverosa.

L'ultima cosa che desiderava il sindaco Brayden Banks era la
pubblicità negativa. La seconda cosa che non voleva era continuare a
tenere Tyler Gates come sceriffo. Tyler e io avevamo iniziato a uscire
insieme dopo qualche mese che avevo rotto il mio fidanzamento con

Brayden. In una piccola città la situazione non poteva essere più imbarazzante.

"Cen." Brayden fece un cenno brusco verso di me prima di girarsi verso Tyler. "Qualche traccia, sceriffo?"

Brayden a Westwick Corners spiccava anche senza le riprese del film, ma la sua immagine di persona di successo era coltivata con attenzione. Io lo sapevo bene. Il mio ex fidanzato aveva sempre pensato di essere destinato a cose più importanti di Westwick Corners.

"Qui ho appena iniziato," disse Tyler. "I tecnici di Shady Creek stanno arrivando."

"Bene. Hai bisogno di tutto l'aiuto che puoi ottenere." La sottile minaccia di Brayden non passò inosservata né a me né a Tyler. Fare il sindaco a Westwick Corners era semplicemente un passo del suo percorso verso la grandezza politica. Almeno questo era il modo in cui Brayden vedeva il mondo. Qualunque ostacolo sulla sua strada andava tolto rapidamente.

Lo sguardo di Brayden si spostò sul corpo senza vita di Dirk, poi verso il set. Fece un gesto con il braccio destro spazzando tutta l'area. "Fate sparire tutte le macchine da presa, sequestrate i cellulari. La stampa si precipiterà su questa storia come mosche sul miele. L'ultima cosa di cui abbiamo bisogno sono dei giornalisti che cercano di rendere ogni evento sensazionale."

Il sindaco Banks non voleva pubblicità negativa per Westwick Corners. Non certo per la città ma per sé stesso. E avrebbe fatto qualunque cosa per uscirne vincitore.

Tyler sembrava sopportare poco la micro gestione di Brayden ma io stavo per esplodere. Anch'io facevo parte della stampa. Non sapevo cosa fosse peggio: Brayden che si dimenticava del fatto che io ero una giornalista o che si riferisse a me come a un insetto.

In ogni caso dovevo superare i miei problemi. Tyler aveva bisogno del mio aiuto per riuscire a mantenere il suo posto. Brayden era pronto a cogliere ogni opportunità per licenziare Tyler se l'indagine non si fosse conclusa rapidamente.

Brayden si guardò intorno sul set per assicurarsi che nessuno potesse sentire. "Hai tempo fino alla mezzanotte di oggi per trovare e arrestare l'assassino. Se non lo trovi, sei licenziato."

CAPITOLO 8

I tecnici della scientifica di Shady Creek arrivarono a tempo di record sulla scena mentre il medico legale esaminava il corpo di Dirk. La polizia di Shady Creek forniva il personale CSI ma l'unico investigatore sul territorio era Tyler.

Assassinio o no, la nostra piccola città semplicemente non aveva il budget per altri agenti, assunti o in prestito da Shady Creek. In parte proprio non potevamo permettercelo ma il motivo principale era piuttosto sinistro. Brayden Banks voleva fare in modo che Tyler fallisse e io non potevo permetterlo.

Mi girai verso Tyler. "Non hai intenzione di sequestrare tutti i cellulari come ha chiesto Brayden, vero? So che è quello che lui vuole ma di sicuro provocherebbe una rivolta. Se non altro porterebbe tutta la pubblicità che dice di non volere. Sarebbe controproducente."

Tyler scosse la testa. "Punterà il riflettore su di noi. Ma devo fare in modo che lui non interferisca." Mi fece l'occhiolino. "Forse tu potresti aiutarmi un pochino?"

"Posso farlo." Non avevo mai utilizzato la magia con leggerezza, ma se c'era un'occasione in cui era necessario era proprio questa. Concentrai la mia attenzione sul mio ex fidanzato, pensando che non capitava spesso che facessi un incantesimo due volte nello stesso giorno. Mi guardai intorno per essere sicura che nessuno sentisse, poi mi concentrai nuovamente su Brayden.

Sussurrai l'incantesimo:

numeri confusi, mente confusa
dimentica i problemi, dormi, riposa
senza ricordare, presto si sveglierà,
nessun pensiero al mondo, nessuna difficoltà
gli ultimi dieci minuti, tutti cancellati.

Lavorai su Brayden proprio come avevo fatto prima su zia Pearl. Guardando Brayden che si allontanava mi sentii nello stesso tempo orgogliosa e colpevole. Il mio ex si avviava a passo lento verso il municipio, strofinandosi il lato della testa.

"Ben fatto, Cen."

Saltai al sentire la voce di zia Pearl. Non avevo notato che lei e Steven erano ritornati verso di noi. A giudicare dall'espressione rilassata di Steven, non era al corrente di quello che era appena successo a Dirk.

"Le lezioni sono servite," disse a voce bassa. "Forse dopotutto puoi essere una strega."

Afferrai il suo braccio mentre cercava di allontanarsi. "Ho bisogno di parlarti. Dirk Diamond è morto per davvero." Indicai il corpo di Dirk, che ora era coperto con un telo.

Zia Pearl si girò mettendosi di fronte a me. Il suo volto era privo di espressione, quindi non riuscii veramente a capire se stava scherzando o era seria. "Cosa cavolo ci trova la gente in quel Dirk Diamond? È così esagerato che non sembra neanche vero. Anche la posizione del suo cadavere è di qualità scadente."

"Questa non è una lezione di yoga, zia Pearl. È la verità," dissi. "Dirk è davvero morto."

"Non ne sono sorpresa, con quel suo carattere." Zia Pearl scosse la testa. "Questo film sarà un disastro al botteghino."

"Aspetta... Ho sentito bene? Dirk Diamond è morto?" Il volto di Steven arrossì mentre guardava prima me poi zia Pearl. "Non può essere. Abbiamo girato un minuto fa."

"È proprio quello che è successo. Una delle pistole aveva veri proiettili." Riferii quello che sapevo.

Steven rifletté e ripercorse i suoi passi. "È… È impossibile! Non può essere morto." Sembrò che stesse per svenire da un momento all'altro. "Questo cambia tutto."

Lottai contro l'impulso di correre a cercare zia Amber. Quello cui avevamo appena assistito era un terribile incidente o un omicidio. I minuti successivi sarebbero stati critici per la raccolta delle prove e i resoconti dei testimoni. Quello era il lavoro di Tyler e della polizia di Shady Creek ma io dovevo almeno cercare di fare in modo che nessuno se ne andasse.

Zia Pearl non sembrava preoccupata. Mi passò accanto e andò dritta da Bill, che si tratteneva intorno alle sue scatole di apparecchi e attrezzature.

Tyler non era l'unico che aveva un lavoro adatto a lui.

Seguii la zia e le afferrai il braccio per fermarla in modo che non irritasse Bill. "Hai visto zia Amber?" Mi venne in mente che non capivo più cosa fosse reale e cosa magia. Sapevo che zia Amber aveva usato la magia per portare il film a Westwick Corners. Era andata oltre?

C'era la possibilità, anche se remota, che l'uccisione di Dirk non fosse reale. Ma in fondo al mio cuore, sapevo che non era questo il caso. Zia Amber rispettava sempre le leggi e faceva tutto attenendosi alle regole. Almeno… quasi sempre. Anche se aveva usato la magia per portare il film in città, non aveva interferito con il destino quando Steven l'aveva licenziata. Non aveva usato la magia per riavere il suo lavoro e di certo non l'avrebbe usata per uccidere qualcuno.

Comunque, dovevo trovarla. Magari c'era un modo di rivoltare la disgrazia.

"L'ultima volta che ho visto Amber era dalle parti dei camper," disse zia Pearl. "Suppongo che ora più nessuno abbia un lavoro."

Riportai la mia attenzione sulla scena. Dovevano esserci quasi cinquanta persone che gironzolavano intorno a noi. L'umore era cupo. Anche se tutti erano in uno stato di choc, nessuno sembrava distrutto o nemmeno sorpreso dalla morte di Dirk. Questo mi sembrò strano, considerato che avevano tutti lavorato insieme per anni in diversi film.

"Come può essere?" Una riga di sudore spuntò sulla fronte di Steven Scarabelli.

"Non ci posso credere. È davvero morto." Rick Mazure scosse la testa fissando il cadavere di Dirk. "Semplicemente così, non c'è più. Cosa facciamo, Steven?"

"Ci inventeremo qualcosa," disse Steven, anche se sembrava tutt'altro che convinto.

Arianne era isterica. "Cosa diavolo è successo, Bill? Non hai controllato le pistole prima di distribuirle? Quella pistola aveva una vera pallottola. Chiunque di noi avrebbe potuto restare ucciso."

"Non può essere una delle mie pistole," disse Bill. "Le mie hanno solo colpi a salve."

"Non sono sicuro di cosa faremo con Dirk." Rick si alzò. "Non posso semplicemente eliminarlo dalla sceneggiatura. Era il protagonista."

"Ci deve essere un modo per sistemare le cose. Magari inserire nel film alcune vecchie riprese?" Arianne si rivolse a Bill. "Questa volta hai fatto davvero casino, Bill. Le pistole venivano da te e da nessun altro. Come puoi non sapere che una delle pistole aveva una pallottola? Non le controlli prima di distribuirle?"

Zia Pearl spalancò la bocca. "Oh oh."

Mi girai per mettermi di fronte a lei. "Cos'hai combinato?" E se il colpo fatale fosse stato un incantesimo uscito completamente sbagliato? Zia Pearl non era una che ammetteva gli errori, anche se fosse successo qualcosa di terribile come una morte accidentale. Stregoneria o no, Bill stava per essere licenziato. Zia Pearl senza dubbio puntava al suo posto, un disastro in corso.

A parte che senza Dirk non ci sarebbe stato nessun film, quindi quante possibilità aveva zia Pearl di ottenere quello che voleva?

Zero.

"Non ci capisco niente. Io ho controllato le pistole." Bill fulminò con un'occhiata zia Pearl ma rimase in silenzio. Sembrava pensare la stessa cosa che avevo in mente io: forse zia Pearl si era distratta un momento mentre controllava le attrezzature. O forse qualcosa di peggio, un attimo di distrazione nella morale.

Bill cominciò a sudare e Arianne si fece strada verso una sedia e si sedette. Piangeva in silenzio, con la testa tra le mani. Steven e Rick erano insieme a qualche metro di distanza. Avevo di fronte la schiena di Rick ma dall'espressione di panico di Steven capivo che stavano valutando cosa fare.

I membri rimanenti del cast e dello staff erano poco lontano, parlottando tra loro. Le voci arrivavano lentamente verso di noi: cercavano di capire cosa era appena successo e cosa sarebbe successo in futuro.

Dirk Diamond sullo schermo era popolare ma nella vita privata sembrava avere più nemici che amici. Tutti i presenti dipendevano da Dirk per il sostentamento e non aveva senso per nessuno di loro ucciderlo. Il fulgore della sua stella era l'unico motivo di successo del film. Quello che avrebbe dovuto essere un sequel girato rapidamente era improvvisamente a un punto fermo. Senza Dirk, probabilmente il film non si poteva fare e questo li rendeva poco credibili come sospetti. Se qualcuno lo voleva morto, perché non aspettare la fine delle riprese? Per esempio, ci sarebbero stati molti meno testimoni.

Tyler si spostò verso un gazebo di tela che ora copriva alcuni tavoli vicino al camper del catering. "Ho bisogno che tutti lascino il set. Sedetevi qui sotto. Cen, assicurati che non se ne vada nessuno. Prenderò le vostre dichiarazioni tra un minuto."

Io annuii, anche se Steven aveva già fatto cenno al cast e allo staff di seguirlo. Si riunirono intorno ai tavoli, tutti gli occhi puntati nella nostra direzione. Finalmente avevano compreso la gravità della situazione. Gli altri partecipanti alla scena della sparatoria erano senza parole, si erano resi conto che avrebbero potuto essere loro il bersaglio dello sparo fatale.

Io ero dell'idea che la pallottola era per Dirk. Ma come provarlo?

Bill rimase sul set. "È meglio che non incolpiate me. Le mie pistole avevano solo colpi a salve. Le ho controllate due volte prima di distribuirle, come faccio sempre."

"Cosa stai dicendo esattamente, Bill? Stai dicendo che ho caricato io le pistole?" Zia Pearl si mise di fronte a Bill in atteggiamento di sfida, con le mani sui fianchi.

"È troppo presto per arrivare alle conclusioni." Il volto di Tyler rimase senza espressione mentre osservava il bossolo della pallottola. "Qualcuno aveva la pistola carica. Poteva essere una delle tue pistole di scena o una pistola che qualcun altro aveva portato sul set. Sei sicuro di averle controllate tutte?"

"Certo che sono sicuro. Non ho nemmeno le pallottole." Bill mosse la mano verso la sua attrezzatura. "Vai a controllare tutta la mia roba. Le pistole sono in una cassetta all'interno di quel grosso contenitore laggiù."

"Lo farò tra poco."

Bill emise un sospiro, visibilmente rilassato. Era ansioso di raggiungere tutti gli altri accanto al camper del catering. "Bene, vado a prendermi un caffè."

Zia Pearl indicò Bill che si stava allontanando. "Non è molto bravo a tenere in ordine le sue cose."

Bill si girò. "Ho sentito tutto quello che hai detto. Tra tutti quanti proprio tu non dovresti fare accuse, Pearl."

Tyler alzò una mano. "Resta nei paraggi, Bill. Ho delle domande sulle pistole."

"Spara." Zia Pearl alzò la mano. "Posso rispondere io alle domande. A differenza di Bill, sono rimasta qui tutto il tempo."

"Stavo parlando a Bill. Verrò da te più tardi." Tyler si accigliò, la sua espressione normalmente calma era stata sostituita dalla frustrazione. Aveva abbastanza da fare senza che zia Pearl cercasse di creare problemi.

Fulminai zia Pearl con lo sguardo, arrabbiata per la sua provocazione. Non era rimasta vicino alla scatola delle attrezzature tutto il tempo come sosteneva. Io l'avevo vista allontanarsi dal set con Steven prima di iniziare le riprese. Stava chiaramente mentendo, anche se io non avrei potuto dire in quale esatto momento si era allontanata.

Tyler ci fece segno di seguirlo e ci dirigemmo verso lo spazio in cui lavorava Bill. Tyler indicò il contenitore di legno. "È chiuso. C'è la chiave?"

Lasciai andare un sospiro di sollievo. Almeno il lucchetto escludeva zia Pearl. A meno che non si volesse considerare l'apertura con mezzi soprannaturali, ma la zia non aveva motivo di uccidere un personaggio che nemmeno conosceva.

Bill annuì. Prese un anello di chiavi dalla tasca anteriore e lo passò a Tyler.

Tyler aprì lo scatolone con il guanto sulla mano. Guardò all'interno e ne estrasse una cassetta più piccola, anch'essa chiusa a chiave.

"Prova la chiavetta dorata che è nell'anello," disse Bill.

Tyler aprì la cassetta e guardò all'interno. Era foderata di velluto rosso, con sei alloggiamenti della forma di pistola. "C'è posto per sei pistole, ma qui ce ne sono solo cinque."

"Era così quando ho distribuito le pistole," disse Bill. "Una delle mie pistole era sparita."

"Avresti potuto dirlo prima." Tyler scelse una pistola dalla scatola, se la rigirò tra le mani e la osservò. Aprì il caricatore e guardò all'interno. Fece lo stesso con tutte le altre. "Proprio come hai detto. Queste pistole non sono cariche."

Bill sospirò, visibilmente sollevato. "Qualcun altro ha portato la sua pistola."

"Chi altro ha la chiave per questa scatola?" Chiese Tyler.

"Solo io e Steven. La sua chiave è solo per precauzione, nel caso io perdessi la mia." Bill fece un cenno verso il camper del catering dove Steven stava con gli altri.

"Non mi sorprenderebbe se tu avessi perso la tua chiave," borbottò zia Pearl. "Sembra che tu non riesca a tenere sott'occhio niente, pistole o chiavi."

"Restiamo concentrati," dissi. Zia Pearl avrebbe potuto facilmente fuorviare l'intera indagine ma non avevamo tempo per quello.

Bill imprecò sottovoce. "Tu avresti dovuto guardare tutto, Pearl. È tanto colpa tua quanto mia."

Tirai zia Pearl verso di me appena aprì la bocca per rispondere. "Non è il momento di litigare, zia Pearl. Lascia che abbia lui l'ultima parola."

Lei liberò il braccio dal mio e agitò il pugno verso Bill. "Non andrò in galera per un errore di quell'uomo."

"Nessuno andrà in galera." Sembrava di guardare un tamponamento a catena sulla superstrada un attimo prima che avvenisse lo scontro. Si sa che sta per succedere qualcosa ma non si può fare niente per evitarlo. Salvo che io ero una strega. Forse dopotutto non ero completamente impotente.

CAPITOLO 9

*T*utta la gente che si agitava e toccava le cose mi metteva piuttosto a disagio. Tyler non poteva riuscire a controllare tutto, anche con il mio aiuto. Così feci quello che ogni ragazza nel panico avrebbe fatto: gestire la situazione.

Le circostanze non mi lasciarono altra scelta che lanciare un incantesimo di congelamento.

Strizzai gli occhi e recitai le parole che ricordavo di aver letto in *Perle di saggezza*, l'enorme libro di incantesimi di zia Pearl. Mi rammaricai molto di non averlo studiato di più e sperai di non fare qualcosa che avrebbe peggiorato le cose.

La mia poca sicurezza nel lanciare incantesimi aveva creato alcuni piccoli disastri con incantesimi sbagliati, la maggior parte delle volte a causa della mia tendenza a pensare troppo. In effetti erano questi gli unici momenti in cui i miei incantesimi funzionavano, quando era necessaria un'azione immediata. Semplicemente non avevo tempo per pensarci due volte anche se sembrava azzardato usare i poteri soprannaturali senza aver riflettuto bene.

Aprii lentamente gli occhi, ansiosa e speranzosa allo stesso tempo. Cosa sarebbe successo se avessi pronunciato male una parola? Con mia sorpresa, l'incantesimo funzionò!

Tutti, compresa zia Pearl, erano congelati. Usare la magia era l'ultima spiaggia ma sentivo di essere giustificata. Dovevo evitare che Bill e zia Pearl continuassero a tormentarsi in modo da poter pensare alle indagini.

Avevo fatto più incantesimi in quel giorno di quanto ne avessi fatti in un anno e non era ancora mezzogiorno. Se non avessimo avuto una tale tragedia tra le mani, avrei potuto fermarmi un attimo a festeggiare il mio risultato soprannaturale. Ma, mi resi conto con orrore, non c'era tempo per gongolare.

Zia Pearl stava già uscendo dall'incantesimo. Su di lei era stato davvero poco efficace rispetto agli altri.

Si strofinò la testa sembrando confusa, come se si fosse appena svegliata in un posto strano. I suoi occhi incrociarono i miei. "Cosa diavolo sta succedendo? Hai appena..."

"Fatto un incantesimo su di te? Sì. Mi dispiace ma non mi hai lasciato scelta." Mi guardai intorno, grata del fatto che la cinquantina di persone intorno a noi fosse rimasta congelata sul posto. Gli incantesimi funzionano in modo diverso su ogni persona e in qualche modo zia Pearl ne era diventata immune. Probabilmente per il fatto che zia Amber aveva fatto pratica su di lei in continuazione quando erano ragazze.

Zia Pearl fece un sogghigno come se avesse appena assaggiato qualcosa di aspro. "Immagino che, dopotutto, tu abbia imparato qualcosa da me."

La stregoneria senza esercizio poteva avere conseguenze gravi. Un incantesimo pasticciato era abbastanza negativo ma ancora peggio erano le conseguenze inaspettate. A quelle non sempre si poteva rimediare. Per quel motivo esitavo sempre a utilizzare la magia.

Zia Pearl, ora completamente sveglia, batté le mani soddisfatta osservando la marea di persone congelate in animazione sospesa. "Ben fatto, Cen! Vedi cosa riesci a fare quando ti impegni?"

"Cerchiamo di mettere in chiaro una cosa. Devi smetterla di discutere con Bill, d'accordo? Lascia che lo sceriffo faccia la sua indagine e sarai scagionata. Non c'è bisogno di litigare con Bill."

"Lo sceriffo Gates?" Sbuffò zia Pearl. "Lui ce l'ha con me. Io sto per essere incastrata e devo difendermi."

Lanciai un'occhiata a Tyler, immobile di fianco a Bill. "Questa è una cosa più grande di te, zia Pearl. Per favore, per una volta cerca di collaborare. Per il bene della città." Colsi un movimento con la coda dell'occhio. Alcune persone avevano cominciato a muoversi, compreso Bill. L'incantesimo era rotto.

Bill scosse la testa e si guardò intorno confuso prima di girarsi verso Pearl. "Ah, sì... E se dici un'altra parola ti faccio cacciare dal set."

"Ah sì?" Zia Pearl era in piedi a pochi centimetri da Bill le mani appoggiate sui fianchi in atteggiamento di sfida.

Io la incenerii con lo sguardo. "Zia Pearl, non c'è tempo..."

"Ok, è così." Il volto di Bill divenne rosso. "Sei licenziata. Vai via da qui."

Zia Pearl imprecò sottovoce. "Mi ha assunta Steven. Tu non hai autorità..."

"Basta, voi due," scattai. "Nessuno va da nessuna parte finché non lo dice lo sceriffo." Sentii gli occhi puntati su di me e mi resi conto che erano tutti nuovamente coscienti. E io avevo superato il limite della mia autorità.

Tyler ci guardava con un'espressione confusa sul volto. "Mi sono perso qualcosa? Mi sembrava che stessimo parlando delle pistole."

Mi girai verso di lui e alzai le spalle. "Siamo stati un po' fuorviati."

Ma Tyler non stava ascoltando. Appoggiò la cassetta delle pistole sul banco da lavoro di Bill poi si chinò e frugò nel contenitore degli attrezzi. "Aspetta un attimo. C'è qualcos'altro sul fondo della scatola. Perché questa pistola non era nel suo contenitore?" Si alzò, tenendo una pistola identica alle altre.

Bill si accigliò. "Ehi, ecco la pistola che mi mancava. Come ha fatto a tornare nello scatolone? Di sicuro non era lì, prima."

"Sei proprio sicuro?" Tyler corrugò la fronte. "Sto ancora cercando di capire perché non hai mai parlato della pistola mancante quando te l'ho chiesto la prima volta."

"Non ho pensato che fosse una cosa importante perché qui tutti si servono da soli con la mia attrezzatura. Giurerei anche che qualcuno ha una copia delle mie chiavi. Mi manca sempre qualcosa, quindi il fatto di non trovare una pistola non era una sorpresa. Qualche volta è impossibile fare il mio lavoro." Bill scosse la testa e fece un gesto per avere la pistola. "Fammela vedere."

Tyler la tirò indietro in modo che non potesse raggiungerla. "Puoi guardare, ma non toccare. Non voglio distruggere nessuna prova."

Bill lasciò cadere la mano e guardò la pistola. "È proprio la mia. C'è la mia incisione sulla canna. Non riesco ancora a capire quando qualcuno avrebbe potuto rimetterla al suo posto." Stava sudando copiosamente ed era pallido.

"Forse l'hai buttata nella scatola e l'hai dimenticata." Tyler annusò la canna. "Il problema è che… Ha sparato di recente."

Bill si grattò la testa. "Non è possibile. Ho vuotato la scatola più grande questa mattina quando cercavo la pistola mancante. Sono sicuro che non ci fosse all'interno, perché ho controllato due volte. Non era nemmeno nella cassetta delle pistole nel mio camper e quindi qualcuno doveva averla presa prima dell'inizio delle riprese."

"Magari non l'hai vista." Tyler strinse gli occhi. "Dove eri tu quando la pistola ha sparato?"

"Proprio qui," disse Bill. "Ho distribuito le pistole e messo la cassetta dentro allo scatolone."

"Confermi che non hai mai lasciato la scatola incustodita in nessun momento? Nemmeno per un minuto?"

"Beh… Solo per cinque minuti quando sono andato a fumare. Ma Pearl è stata proprio qui per tutto il tempo. Vero Pearl?"

Zia Pearl annuì. "Non ho mai lasciato le attrezzature. E di sicuro non ho visto nessuno."

Bill si diresse verso il camper del catering. "Devo parlare con Steven. Venite a chiamarmi se avete bisogno di me."

Tyler, zia Pearl e io restammo a guardare in silenzio mentre si allontanava.

Tyler si girò verso zia Pearl. "Hai visto o sentito qualcosa di strano durante le riprese, Pearl? Qualcuno sul set a parte gli attori o qualcos'altro?"

"No. A parte Steven che gironzolava attorno alle attrezzature."

Aggrottò le sopracciglia. "Sembrava che aspettasse che io mi allontanassi. Era nervoso."

"Cosa?" Tyler prese il suo taccuino. "Quando è stato qui Steven?"

"Mentre stavano girando la scena." Zia Pearl mi fulminò con lo sguardo. "Anche Cen era qui."

"Non ho mai visto Steven qui intorno. Quando l'ho visto stava laggiù." Indicai il punto dove si trovavano Steven e zia Amber qualche momento prima. "Lui e Amber stavano discutendo proprio prima delle riprese."

"Erano ancora là quando sono stati sparati i colpi?" Chiese Tyler.

Io annuii poi scossi la testa. "Non sono sicura. Ho visto di certo zia Amber lasciare il set. Ma per quanto riguarda Steven, non l'ho avuto sott'occhio per tutto il tempo. Non ricordo di averlo visto andarsene fino a più tardi, quando era con zia Pearl." Guardai verso la zia al mio fianco per avere conferma. "Hanno attraversato insieme la strada."

Zia Pearl annuì. "Subito dopo che Steven era passato da qui, dove stavamo io e Cen vicino alle attrezzature."

"Questo non lo ricordo proprio." Scossi la testa. "Ho visto solo te al mio fianco. Sono sicura che avrei notato Steven nei paraggi ma non l'ho fatto. Non ho davvero visto nessuno aprire o chiudere lo scatolone." La dichiarazione di zia Pearl non coincideva con il mio ricordo. Si stava semplicemente sbagliando o di proposito stava cercando di fuorviare Tyler?

Zia Pearl sembrava aver letto i miei pensieri perché puntò l'indice verso di me. "Tu eri troppo occupata a guardare le riprese. Dovresti almeno aver visto chi ha sparato. O eri impegnata a sognare quel tuo ragazzo?"

Un leggero sorriso allungò il labbro di Tyler. "Torniamo alle riprese. Cen, puoi raccontarmi la scena del film? Chi si trovava davanti a Dirk?"

"Non so... È successo tutto in modo veloce. C'era una nuvola di polvere e semplicemente troppa gente sulla scena per capire davvero qualcosa," dissi. "Forse si riuscirà a vedere qualcosa nel girato di oggi."

"Buona idea," disse Tyler. "Controlleremo."

"Non arresti Steven?" Borbottò zia Pearl. "O Bill? Penso che siano in combutta."

Zia Pearl aveva una tale antipatia per lo sceriffo Tyler Gates che cercava continuamente di confonderlo. Forse era quello che stava facendo anche in quel momento. Ma non era il momento né il luogo. Era appena morto un uomo e il suo assassino era libero.

"È un po' presto. Sto ancora raccogliendo le prove." Tyler si girò verso di me. "Che altro hai visto?"

Lanciai un'occhiata verso i tavoli accanto al camper del catering e notai Steven in mezzo alla folla. Stava parlando con una coppia di cameraman ma continuava a guardare verso di noi.

Raccontai quello che avevo visto. "Ho guardato le riprese ma ero distratta da Steven e zia Amber che discutevano dall'altra parte del set." Mossi la mano in una direzione generica dove potevano essere stati. "Ho sentito gli spari ma non ho pensato a niente di strano finché Dirk non si è più alzato. Ho pensato che la sparatoria facesse parte del film."

"Quanti spari ci sono stati?" Chiese Tyler.

"Non ricordo... Forse dieci?" Arrossii, scossa al pensiero che un uomo era morto davanti a me e io non riuscivo a ricordare dettagli più basilari. "È importante? Voglio dire, erano quasi tutti a salve."

Saltai al suono di una voce femminile al mio fianco.

"Posso tornare al mio camper ora?" Arianne Duval, con il mascara colato lungo le guance. Tremava in modo incontrollabile nonostante il clima caldo.

"Devo solo farti qualche domanda prima che tu vada," disse Tyler. "Hai notato qualcosa di strano durante le riprese?"

Arianne scosse la testa. "Non sul set. Ma Bill non mi ha mai dato la pistola che avrebbe dovuto darmi. Sono dovuta venire qui a prenderla da sola all'ultimo minuto."

Tyler alzò il sopracciglio. "Da dove?"

"Dalla scatola degli attrezzi di scena." Abbassò la voce. "Bill è così inaffidabile. Sparisce sempre per un drink e io ero scocciata perché qui non c'era nessuno. Sono dovuta andare io a frugare nello scatolone."

"Non era chiuso a chiave?" Si accigliò Tyler.

Arianne annuì. "Succede spesso."

Bill, che era tornato da qualche secondo, imprecò tra sé.

Io lanciai un'occhiata a zia Pearl, preoccupata. Qualcuno non stava dicendo la verità. "Zia Pearl, sei sicura di essere stata qui per tutto il tempo?"

Zia Pearl alzò gli occhi al cielo. "Ok, forse me ne sono andata per un minuto. Bill mi ha chiamata dal camper. Mi ha detto di andare a cercare una sella che aveva dimenticato da qualche parte sul set."

Quello doveva essere successo prima del mio arrivo. D'altra parte avevo visto Bill distribuire le pistole. Mi girai verso Arianne. "Quando hai preso la tua pistola?"

Arianne fulminò Bill con lo sguardo. "È stato solo un minuto prima di iniziare le riprese. Mi sono resa conto che avevano tutti la loro pistola tranne me, così sono dovuta correre qui e tornare indietro. Immagino che Bill abbia dimenticato la mia come fa di solito."

Bill scosse la testa.

Se Arianne l'aveva notato, fece finta di niente. "Ho preso la pistola dalla scatola e sono corsa al mio posto, poi abbiamo girato la scena." Spalancò la bocca all'improvviso. "Ho sparato io la pallottola che ha ucciso Dirk?"

Tyler non rispose. Si girò invece verso Bill. "È la verità? La scatola delle attrezzature di scena non era chiusa a chiave?"

"Se non lo era non è colpa mia… È per quelle dannate riscritture del copione. Ogni volta che mi giro, Dirk fa dei cambiamenti. E nemmeno dei cambiamenti da poco. Non solo ha chiesto che la lotta con i coltelli fosse sostituita da una sparatoria, ma nella sceneggiatura ha aggiunto un cavallo. Ci credi… Un cavallo? Ho dovuto trovare una sella dei primi del Novecento e un cavallo prima della scena successiva. Non posso essere in due posti allo stesso momento. E comunque vengo sempre incolpato di tutto quello che va storto qui intorno."

"Smettila di dare la colpa a chiunque altro, Bill." Arianne gli mostrò il pugno. "Devi solo occuparti delle attrezzature di scena. Quanto sarà difficile?"

Bill alzò gli occhi al cielo. "Quando ho scoperto che mancava una pistola, non c'era tempo di fare niente. Ho solo immaginato che nessuno se ne sarebbe accorto con tutta quell'azione sulla scena."

Arianne si accigliò. "E tu hai semplicemente pensato che io fossi meno importante di tutti gli altri sulla scena?"

Bill la ignorò. "Conoscendo Dirk, probabilmente ci sarebbe stato un altro cambiamento di sceneggiatura. Solo non capisco come mai la sesta pistola è stata rimessa nella scatola senza che nessuno se ne sia accorto."

Gli occhi di Tyler incrociarono i miei.

Stava pensando anche lui la stessa cosa. Bill, Arianne, zia Pearl o forse tutti e tre, stavano mentendo.

Il film, con il successo economico che avrebbe portato, stava per interrompersi all'improvviso. E niente poteva impedirlo se non la verità.

CAPITOLO 10

*T*yler aveva bisogno del mio aiuto, che lo sapesse o no. La magia era quasi certamente coinvolta in almeno qualcuna delle cose che erano successe. E io ero preoccupata che zia Pearl in qualche modo avesse manomesso le pistole. Intenzionale o no, le conseguenze erano terribilmente serie. E se poi il suo comportamento avesse confuso le tracce del vero assassino?

O peggio. Se le sue azioni avessero causato direttamente la morte di Dirk?

Lanciai un'occhiata a Tyler, che sedeva di fronte a uno dei cameraman, un uomo grosso dai capelli grigi di circa cinquant'anni. Ogni interrogatorio sembrava solo evidenziare le discrepanze riguardo le pistole invece di portare nuove tracce, tutte le testimonianze sembravano riportare a Bill, zia Pearl e ai loro racconti in contrasto. Non riuscivamo ad andare avanti.

Allungai le orecchie e colsi brani di conversazione dell'uomo che descriveva gli attimi prima della sparatoria, mentre Tyler prendeva appunti. Aveva completato l'interrogatorio preliminare con la maggior parte del cast e dello staff; rimanevano solo alcuni attori che erano testimoni oculari.

L'area all'esterno della banca dove Dirk era stato ucciso ora era circondata dai nastri gialli della polizia. Arianne aveva potuto tornare al suo camper. Le domande di Tyler e diversi testimoni oculari l'avevano vista sulla scena ma alle spalle di Dirk. La traiettoria della pallottola indicava che lei non aveva potuto sparargli al petto. Anche se nessuno era stato completamente scagionato, diversi racconti di testimoni avevano confermato la posizione di Arianne sul set. La pallottola mortale non poteva essere stata sparata dalla sua pistola.

La voce di zia Pearl arrivò da dove stava lei alcuni metri più lontano. "Perché non hai detto a nessuno della pistola scomparsa, Bill? Secondo me ti fa sembrare sospetto. Forse hai ucciso Dirk e stai coprendo le tracce."

"Nessuno ha chiesto la tua opinione," scattò Bill.

"Beh, sarebbe proprio ora che qualcuno lo facesse." Sospirò zia Pearl. "Se volete sapere cosa penso io, lo sceriffo Gates sta perdendo tempo prezioso. Tu stesso mi hai detto che non sopportavi Dirk Diamond. Poi salta fuori che non lo hai detto allo sceriffo. Cosa stai nascondendo, Bill?"

"Oh, non farmi ridere. Ammetto che odiavo Dirk, soprattutto il modo in cui torturava Steven. Ma uccidere lui è come uccidere la gallina dalle uova d'oro. Fa perdere il lavoro a tutti." Alzò le mani in aria. "Io non sono un'eccezione perché lo odiavamo tutti. Ma senza la star non si fa il film."

"Scommetto che potrei trovare qualche nuovo talento. Qualche attore sconosciuto che non chiede la luna," disse zia Pearl. "Anche se bisognerebbe pagargli un rimborso per il pericolo di lavorare a questo film. Sembra che di questi tempi gli attori siano abbastanza sacrificabili."

Questa era una cosa su cui concordavo con zia Pearl. Le morti sia di Rose Lamont che di Dirk Diamond erano sospette, per usare un eufemismo.

Bill sbuffò. "Tutto il lavoro per questa scena è stato completamente disorganizzato. Prima abbiamo cambiato location all'ultimo minuto e poi tutte quelle riscritture della sceneggiatura. Non ho parlato della pistola scomparsa perché gli attori sembrano sempre essere al di sopra della legge. Fanno quello che vogliono e non finiscono mai nei guai. Da queste parti nessuno segue mai le regole."

Mi colpì il fatto che in realtà nessuno aveva spiegato perché la location era stata cambiata da un set di Hollywood a Westwick Corners. Anche se pensavo che non avesse a che fare con l'omicidio, di certo era più facile farla franca con un assassinio in una piccola città.

"Il cambio dai coltelli alle pistole sembra piuttosto significativo. Capita spesso che le modifiche siano così importanti?" Chiesi.

Bill alzò gli occhi al cielo. "Dirk continua a riscrivere tutto il tempo. Ma se io mi lamento vengo incolpato. Non faccio mai una scenata perché ho sfruttato tutti i favori che mi dovevano in questo settore e non posso permettermi di essere licenziato. Lavorare con Steven è la mia ultima possibilità. È l'unico che mi vuole assumere."

"Posso capire perché lui è la tua ultima possibilità," disse zia Pearl. "Steven è tenero di cuore. Nessun altro riuscirebbe a reggerti a lungo. Sparisci sempre per bere."

"Sono andato a fumare, ok? Un altro commento come questo e ti licenzio. Ti sto sopportando solo per fare un favore a Steven."

Zia Pearl sbuffò. "Il favore lo sto facendo io a te. Anche un ubriaco è meglio di te da sobrio. Scommetto che potrei fare un lavoro molto migliore."

Era opinabile, dato che era stata zia Amber a procurare a zia Pearl quel lavoro tramite Steven. Nell'improbabile eventualità che la lavorazione del film riprendesse, immaginavo che anche zia Pearl avrebbe perso il suo lavoro, dato che zia Amber non parlava più con Steven.

Bill alzò i palmi delle mani verso l'esterno, come per respingere zia Pearl. "Non pensarci nemmeno, o farò in modo che tu te ne penta."

"Mi stai minacciando?" Zia Pearl si mise sulla difensiva, le mani sui fianchi.

"Zia Pearl, basta."

"È meglio che tu creda che ti sto minacciando." Bill mostrò il pugno a zia Pearl. "Meglio che tu te ne vada prima che decida di fare fuoco contro di te da una di quelle pistole."

All'improvviso un muro di fiamme alto cinque metri si alzò

davanti a noi. Io mi protessi gli occhi dalla luce accecante mentre il calore mi feriva la pelle. Barcollai all'indietro.

"Cosa diavolo…" Bill si allontanò dalle fiamme. "È anche peggio di quello che pensavo. Ci ucciderai tutti."

"Hai detto 'fuoco'. Sto solo seguendo le istruzioni." Zia Pearl sbatté le ciglia. "Avresti dovuto essere più preciso."

Bill si scagliò verso zia Pearl, il volto rosso di rabbia.

Lo fermai appena in tempo. "Smettetela tutti e due e aiutatemi a spegnere il fuoco." Il sudore mi gocciolava sul volto dal calore. Afferrai la cassetta di legno delle pistole e la allontanai dalle fiamme. "Non è il momento di fare giochetti, zia Pearl. I tuoi giorni come addetta alle attrezzature di scena e agli effetti speciali si sono ufficialmente conclusi."

"Ma sono davvero brava." Fece un'espressione da bambina offesa.

"Ora spegnilo." Io non potevo estinguere l'incantesimo di un'altra strega. Avrei potuto lanciarne uno anch'io ma nel calore del momento la mia mente non riusciva a pensare.

"Vuoi che usi la stregoneria?"

Prima che potessi rispondere, Tyler arrivò portando uno di quei grandi contenitori d'acqua fresca da bere e lo gettò sulle fiamme. Quando il fuoco fu spento, iniziammo tutti a tossire per il fumo.

"Grazie," disse Bill.

Tyler scosse semplicemente la testa e tornò all'uomo che stava interrogando.

Zia Pearl ci stava scavando una fossa ancora più profonda. Sperai solo che Brayden non avesse visto le fiamme dal suo ufficio al municipio, dall'altra parte della strada. Steven Scarabelli probabilmente si stava pentendo di aver messo piede nella nostra città e non sarebbe mai tornato.

"Vattene e lasciami in pace, Bill. Non mi interessa se mi hai licenziata," disse zia Pearl. "Darò vita alla mia società di effetti speciali e mi assicurerò che tu non lavori più in questa città."

"Per me va bene." Sbuffò Bill. "Non vedo l'ora di andarmene da questo posto di zotici. Ma prima di andarmene mi assicurerò che il tuo nome sia nel fango. Nessuno nell'industria cinematografica lavorerà mai con te, te lo garantisco."

"Meglio che tu chiuda a chiave la porta stanotte." Sogghignò zia Pearl con espressione astuta. "D'altra parte, non preoccuparti. Ho una chiave della tua stanza. Anche se non ho bisogno di chiave per entrare da nessuna parte."

"Cosa dovrebbe significare?" Il volto di Bill si fece ancora più rosso. "Sei tu che hai manomesso la mia attrezzatura, vero? Lo sapevo!"

"Zia Pearl, basta!" La trascinai via e sussurrai: "ti rendi conto che ti stai incriminando da sola?" Portare via le chiavi di servizio da zia Pearl non sarebbe stato assolutamente sufficiente per far sì che Bill fosse al sicuro alla locanda. Dovevo in qualche modo distrarla per fare in modo che si dimenticasse della faida con lui. "Ho bisogno del tuo aiuto."

Fece sporgere il labbro inferiore. "La gente dice che ha bisogno del mio aiuto ma poi salta fuori che è noioso. Amber mi ha cacciata vicino a Bill di proposito, solo per tenermi lontano."

"È proprio per questo che ho bisogno di te. Voglio che tu parli a zia Amber e scopra che genere di incantesimi ha utilizzato per il film." Lanciai un'occhiata verso Tyler. Lui non avrebbe voluto l'aiuto della mia famiglia perché le mie zie erano una fonte di guai. Ma ignorare qualcosa avrebbe causato problemi ancora più grandi con il sindaco Brayden Banks.

"Perché preoccuparsene? Avete trovato la pistola fumante." Zia Pearl indicò Bill. "Sappiamo che Bill è colpevole come il peccato. È troppo incompetente per coprire le tracce e farla franca con l'assassinio."

Bill, che in quel momento non poteva sentire, sembrò comunque cogliere il senso della nostra conversazione. Come risposta mostrò a zia Pearl il dito.

"È vero che Bill è uno sporco bugiardo e non è molto bravo nel suo lavoro. La sua versione della storia è sospetta ma si tratta più di una pistola nascosta che di una pistola fumante. Lascia che a quello pensi io. Ho bisogno della tua esperienza per una cosa diversa. In primo luogo, perché zia Amber ha portato le riprese del film *Rapina di mezzo-giorno* a Westwick Corners?"

"Vuoi che faccia indagini su mia sorella? Non sono il Grande Fratello, sai. Nemmeno la Grande Sorella." Zia Pearl fece con le dita il segno delle virgolette.

"Vuoi che lo faccia qualcun altro?"

Zia Pearl scosse lentamente la testa mentre si rendeva conto della realtà. "Dubito che sia stata una magia a uccidere Dirk. Ma anche se Amber ha fatto confusione, so che non ha mai avuto intenzione di uccidere qualcuno."

"Non so cosa è successo e di chi sia la colpa, ma so che il film è arrivato qui grazie alla stregoneria. Dobbiamo riuscire a separare quello che è reale da quello che non lo è, altrimenti l'indagine può andare nella direzione sbagliata."

"Vuoi dire che lo sceriffo Gates potrebbe andare nella direzione sbagliata." Sbuffò zia Pearl. "Quello sceriffo non vedrebbe un assassino neanche se l'avesse davanti agli occhi. Perché dovrei aiutarlo?"

"Fallo per me, zia Pearl." Le strinsi il braccio un po' più forte del necessario. "E in fretta. Non c'è tempo da perdere."

Speravo solo che non fosse troppo tardi.

CAPITOLO 11

Tyler e io guardammo zia Pearl sparire lungo la strada alla ricerca di zia Amber. Appena si fu allontanata, Brayden Banks si precipitò verso di noi, la faccia rossa di rabbia.

"Oh-oh." Gli occhi di Tyler incrociarono i miei. "Ora arrivano i problemi."

Annuii educatamente a Brayden ma lui evitò il mio sguardo di proposito. La nostra rottura era stata diversi mesi prima ma era sempre imbarazzante in una piccola città. Ci imbattevamo continuamente uno nell'altra, per quanto cercassimo di evitarlo. E non si poteva evitare il fatto che il mio nuovo ragazzo era un dipendente di Brayden. Se per me era difficile, lo era ancora di più per Tyler.

Brayden perlustrò il set prima di osservare Tyler dall'alto al basso. "Trovare l'assassino di Dirk Diamond è la nostra prima priorità. Lascia perdere tutto il resto e concentrati su questo e nient'altro. Dobbiamo risolverlo per ieri."

"Ci sto lavorando," disse Tyler.

Brayden scosse lentamente la testa, come un padre deluso dal figlio irresponsabile. "Non mi sembra che stia succedendo molto qui. Non sai nemmeno da dove cominciare, vero?"

"A dire il vero, abbiamo alcune piste…"

"Piste?" Sbuffò Brayden. "A quest'ora dovresti avere l'assassino."

L'unico motivo per cui Brayden Banks faceva il sindaco era la fama, per sé stesso e Westwick Corners, in quest'ordine. L'assassino di una star di Hollywood era solo una tappa, se il caso veniva risolto. Senza dubbio si sarebbe preso tutto il merito.

Tyler mantenne la sua posizione. "L'autopsia sarà fatta domani e noi abbiamo una lista ristretta di sospetti."

"Devo fare io il tuo lavoro, sceriffo Gates? Scarabelli l'ha fatto. Lo vedono tutti." Il mezzo sorriso di Brayden mi diceva che, nonostante le circostanze, si godeva ogni minuto della possibilità di criticare Tyler in pubblico.

Tyler aprì la bocca ma decise di non parlare.

"Lo hai già interrogato?" Brayden picchiò il piede impaziente, un leggero strato di polvere copriva le sue scarpe di pelle italiane.

Tyler scosse la testa e parlò a voce bassa: "Scarabelli è il prossimo della mia lista."

Sentii il dovere di difendere Tyler. "Ha già trovato la possibile arma del delitto. Deve ancora esaminarla la scientifica."

"Nessuno ti ha fatto domande," scattò Brayden.

La bocca di Tyler si strinse in una linea sottile mentre controllava le sue reazioni.

"Perché non hai interrogato Scarabelli per primo?" Si accigliò Brayden. "Gira voce che lui e Diamond avessero problemi con il contratto. E così Scarabelli l'ha ucciso. Questo non solo risolve il problema ma gli fa riscuotere anche i soldi dell'assicurazione. Sembra che tu non lo sapessi."

"Steven Scarabelli aveva dato un prezzo a Dirk? Non ci credo." Ritornai con la mente alla pretesa di zia Pearl che Steven si fosse fermato vicino alla scatola delle attrezzature. Questo lo metteva sulla scena… A parte il fatto che io lì non l'avevo visto ed ero rimasta tutto il tempo di fianco alla zia. I nostri racconti si annullavano a vicenda. Una di noi si sbagliava, oppure stava mentendo.

Brayden scosse la testa. "Quanto sei ingenua. Scarabelli sapeva che

Dirk avrebbe creato difficoltà, forse anche che se ne sarebbe andato dal set. Steven aveva stipulato delle assicurazioni sulle sue star principali. Ha ucciso Dirk per avere i soldi dell'assicurazione. A parte il fatto di non dover più avere a che fare con un personaggio capriccioso, non deve più nemmeno finire il film. Ha già il suo fondo pensione."

Mi ricordai della morte improvvisa di Rose Lamont. Forse qualcuno voleva la coppia morta ma Steven Scarabelli sembrava un sospetto improbabile. Il sequel di un film di successo gli avrebbe certamente fatto guadagnare di più di qualunque premio dell'assicurazione. Era difficile lavorare con Dirk ma per Steven era ancora più difficile guadagnare qualcosa senza di lui. Non avrebbe potuto girare il sequel senza le sue star. Ed era evidente per tutti che Steven amava il suo lavoro. Non riuscivo a pensare che avrebbe potuto fare qualcosa per danneggiarlo. E tutti sembravano volergli bene.

Tutti tranne Dirk.

Qualcuno sospirò di fianco a me. Mi girai e vidi zia Amber. Era a braccetto con zia Pearl.

"È vero? Dirk è davvero morto?" Aveva gli occhi rossi per il pianto e il mascara le macchiava una guancia. "Cosa succede al film?"

"Le riprese al momento sono sospese," disse Tyler. "C'è un assassino a piede libero."

La mano di zia Amber volò al petto. "Oh, cielo, come protagonista femminile, probabilmente sono il prossimo obiettivo. Prima Rose e ora Dirk. Ho bisogno della protezione della polizia. La mia vita è in pericolo!"

Brayden alzò gli occhi al cielo.

"Sei al sicuro, Amber," disse Tyler. "Te lo prometto."

Brayden sbuffò ma non disse niente.

"Sei stata licenziata, ti ricordi? Non sei più nel film." Le parole mi uscirono dalla bocca prima che potessi fermarle.

La bocca di zia Amber si spalancò. "Già lo sapevi? Ancora prima di me? Cen, sei peggio di Steven. Tu, carne della mia carne, mi hai tradita! Pensavo che Steven fosse mio amico ma ha solo approfittato di me."

"Mi dispiace, zia Amber. Ho solo sentito qualcosa prima che Steven ti parlasse." Avevo inavvertitamente svelato il suo segreto e ora tutti quanti sapevano che era stata cacciata. Capivo la sua rabbia ma non c'era tempo per sentimenti feriti con un assassino tra di noi.

Brayden guardò Amber in modo strano e confuso.

Tyler si girò verso Brayden. "Dove hai avuto queste informazioni su Scarabelli?"

"Sono amico del procuratore di Los Angeles," disse Brayden. "Stanno indagando su Scarabelli da mesi. Ha debiti pesanti ed è vicino alla bancarotta. Il suo futuro stava tutto in questo film."

Senza dubbio la nostra piccola città ben presto sarebbe stata invasa dai reporter dei tabloid di Hollywood, desiderosi di concedere a Brayden tutta l'esposizione che desiderava. E lui ne avrebbe approfittato per riferire tutti i dettagli alle sue connessioni dell'ufficio del procuratore a Los Angeles.

"Quindi l'assassinio di Dirk Diamond non ha molto senso," dissi. "Questo film avrebbe fatto guadagnare a Steven Scarabelli milioni. Perché uccidere il protagonista?" L'assassino di Dirk era quasi sicuramente qualcuno del mondo del cinema ma il mio istinto mi diceva che non si trattava di Steven Scarabelli. A parte essere una persona amata e rispettata, adorava il cinema. Non riuscivo proprio a pensare a Steven che uccideva la star che gli aveva fatto guadagnare milioni.

Zia Amber boccheggiò. "Steven era disperato, ma non avrebbe ucciso nessuno. Nemmeno per soldi. So che aveva un budget ristretto, ma uccidere Dirk non avrebbe aiutato. Avrebbe fatto molti più soldi al botteghino. Aveva solamente qualche problema temporaneo di liquidi."

"Non c'è da stupirsi che tu abbia avuto la parte!" Sbuffò zia Pearl. "Non avrebbe potuto trovare nessun altro al prezzo giusto ed era alla disperata ricerca di qualcuno per coprire il ruolo. Sapevo che doveva esserci un inghippo."

"Stai dubitando del mio talento?" Zia Amber si mise le mani sui fianchi.

Mi intromisi tra le mie due zie. "Non c'è tempo di litigare. Facciamo quello che possiamo per aiutare a trovare l'assassino."

Le sopracciglia di zia Pearl si unirono. "Prima Rose Lamont e ora Dirk Diamond. Direi che Brayden probabilmente ha ragione. Steven Scarabelli ha trovato una nuova fonte di guadagno. Fai meglio a guardarti le spalle, Amber. Senza dubbio ha una polizza di assicurazione anche su di te."

"È ridicolo. Steven è un fesso, non un assassino." Un'ombra di dubbio attraversò per un secondo il volto di zia Amber. Poi sostituita dalla rabbia. "Se mi ha licenziata, sicuro come l'oro che su di me non ha un'assicurazione."

"Magari non importa se tu sei nel film o no." Sogghignò zia Pearl.

"Ma certo che importa!" La voce di zia Amber si spezzò mentre si asciugava le lacrime dalle guance. Non era chiaro che cosa la turbasse di più: il licenziamento o il possibile movente di Steven.

"Zia Pearl! Non speculare in questo modo sugli eventi. È pericoloso." Feci un segno di taglio attraverso il collo. Non volevo offrire a Brayden altre idee folli.

"Scarabelli e Diamond ultimamente avevano avuto diverse discussioni. Si dice che Diamond stesse per lasciare Scarabelli. Qualche problema tecnico sul contratto o simili," disse Brayden. "Scarabelli aveva molti debiti."

Questo si accordava con la discussione che avevo sentito prima, a parte quanto riguardava il contratto, dato che Dirk Diamond in realtà non l'aveva ancora firmato. Era evidente che la fonte di Brayden non era a conoscenza di quel dettaglio.

"Controllerò," promise Tyler.

"Farai meglio a fare qualcosa in più che controllare," disse Brayden. "Voglio che Scarabelli sia arrestato prima della fine della giornata. Altrimenti chiamerò la polizia di Stato di Washington."

"Non abbiamo prove per arrestarlo," protestò Tyler. "Devo completare l'indagine prima di raggiungere qualunque conclusione."

Zia Pearl agitò la mano come un bambino delle elementari eccessivamente zelante. "E per quanto riguarda gli attrezzi..."

Io chiusi con la mano la bocca di zia Pearl. "Non preoccuparti."

"Rischiamo che scappi, sceriffo Gates." Brayden si accigliò. "O lo arresti tu o io lo farò arrestare dal tuo sostituto."

Tyler aprì la bocca per rispondere ma decise di non farlo. Ci fu un lungo silenzio prima che dicesse qualcosa. "Va bene. Arresterò l'assassino prima della fine della giornata. Hai la mia parola."

CAPITOLO 12

$\mathcal{L}$a prigione della contea di Westwick Corners era situata al piano principale del municipio e consisteva di tre stanze, quattro se si contava la cella singola. Io ero seduta da sola in uno dei due uffici di fianco alla stanza degli interrogatori, dove Tyler stava torchiando Steven Scarabelli. Ero lì come testimone ma anche in caso ci fosse stato bisogno di supporto in tribunale. L'interrogatorio di Steven era registrato, ma dato che il vecchio apparecchio per le registrazioni qualche volta funzionava male, io ero il suo backup.

In modo non ufficiale, assistevo Tyler anche prendendo appunti e osservando il linguaggio del corpo di Steven. È vero, non ero un investigatore della polizia ma come reporter investigativo ero abituata a notare le stranezze e le cose che qualche volta le persone rivelavano sotto pressione. Le mie sensazioni spesso svelavano segreti e speravo che sarebbe stato il caso anche oggi. Tyler doveva risolvere rapidamente l'assassinio di Dirk se voleva sfuggire al tentativo di Brayden di licenziarlo. Non aveva altre prospettive di lavoro in città e l'ultima cosa che desideravo era una relazione a distanza.

Tyler e Steven erano uno di fronte all'altro al tavolo della stanza accanto. La disposizione della videocamera forniva una chiara visuale su Steven, che era appoggiato in avanti con gli avambracci sul tavolo.

Sembrava ansioso di collaborare e chiarire ogni questione. Tyler si vedeva di profilo. Era appoggiato all'indietro e lasciava che fosse Steven a parlare la maggior parte del tempo.

La voce di Steven Scarabelli proruppe mentre era visibilmente frustrato. "Lo giuro, non mi sono mai avvicinato alle attrezzature di scena o alla pistola. Il tuo testimone sta mentendo."

Quel testimone era zia Pearl, che si era resa opportunamente irreperibile dal momento dell'arresto di Steven Scarabelli. Erano appena passate le quattro del pomeriggio. L'orologio ticchettava verso la scadenza posta da Brayden ma noi non eravamo di un passo più vicini alla verità.

"Ok, va bene. Parlami del contratto di Dirk. Perché non voleva firmare?" Chiese Tyler.

"Non ne ho idea. Gli ho dato tutto quello che chiedeva e anche di più," disse Steven. "Ripensandoci era un po' come se dall'inizio sapesse già che non avrebbe firmato a nessun costo. Stava fingendo con me. Come se stesse cercando di vendicarsi o qualcosa del genere."

"Perché l'avrebbe fatto?"

"Vigliaccheria?" Steven alzò le spalle poi si accasciò contro lo schienale della sedia, come a volersi allontanare dai suoi problemi. "Mi dispiace dirlo di qualcuno che appena morto, ma è la verità. Non ho idea del perché facesse così il difficile. Ho lanciato io Dirk in questo mondo, quindi non so perché volesse farmi del male."

"Non sei tu quello che è stato maggiormente ferito. Dirk è morto." Tyler si sporse in avanti. "Forse Dirk voleva stracciare il contratto e a te la cosa non piaceva."

"No... Gli ho fatto ogni sorta di concessione. Cose cui normalmente non avrei ceduto, come una buona percentuale dei guadagni del botteghino. Anche cose che in realtà non mi potevo permettere di offrire. Ma l'ho fatto comunque perché non avevo scelta. Non potevo perdere la mia star."

"Forse sul momento ti sei accalorato e hai perso la calma. Tutte le sue pretese irragionevoli..." La voce di Tyler si spense mentre lui incrociava lo sguardo di Steven.

Steven alzò le braccia in segno di protesta. "Avevamo le nostre discrepanze ma io avevo meno motivazioni per ucciderlo rispetto a chiunque altro. In effetti, sono costretto da contratto a pagare interamente il resto del cast e lo staff per un film che non posso più fare. È stato l'accordo che ho fatto per convincere le persone a venire in questa città fuori mano. Ora sono in pratica finanziariamente rovinato. Dove posso trovare una star con gli stessi guadagni al botteghino di Dirk? Era una persona frustrante con cui avere a che fare ma non gli ho mai augurato la morte."

Io avevo raggiunto due conclusioni riguardo Steven Scarabelli. La prima, era dannatamente bravo a incriminare sé stesso. Seconda, era innocente.

Scarabocchiai un appunto per verificare le dichiarazioni di Steven. Lo stipendio di cast e staff era indubbiamente generoso. Se Steven stava dicendo la verità, qualunque assicurazione probabilmente copriva a malapena le sue bollette. Le polizze di assicurazione sugli attori potevano avere un senso, non facevano parte di qualche piano oscuro.

D'altra parte Steven Scarabelli aveva perso gli attori principali a pochi giorni l'una dall'altro. Si trattava di marito e moglie. Questo era oltremodo sospetto. La morte di Rose Lamont era stata dichiarata per cause naturali, ma comunque...

Feci un salto al sentire un rumore forte nell'ufficio esterno. Il mio cuore sprofondò. Probabilmente era Brayden che veniva a mettere un po' di pressione.

Ma non era Brayden.

CAPITOLO 13

"*Y*u-huu... C'è qualcuno?" La voce artificialmente allegra di zia Amber si avvicinava dall'ufficio esterno.

Imprecai sottovoce. Proprio quello di cui avevamo bisogno: interferenze soprannaturali da un'aspirante star viziata.

La porta si aprì con un clic. "Cen! Non posso ancora credere che Dirk sia morto. Era un amico così caro." Si tamponò gli occhi con un fazzoletto, anche se erano asciutti.

Saltai in piedi tenendomi un dito sulle labbra. Feci un cenno verso la stanza dove Tyler stava concludendo il suo interrogatorio con Steven Scarabelli. "Shhh. Cosa fai qui?"

"Potrei farti la stessa domanda." Gli occhi di zia Amber si strinsero mentre scrutava attraverso il vetro. "Ah, quell'uomo! Finalmente almeno è stato preso per aver ucciso Dirk. Sono venuta a fornire il mio racconto di testimone oculare in modo che possiamo davvero incastrarlo. Io ho visto tutto."

"È impossibile," dissi. "Eri ancora con Steven quando i colpi sono stati sparati. Vi ho visti parlare con i miei occhi."

Zia Amber non rispose. Il suo sguardo era puntato sui due uomini dall'altra parte del vetro. Fece un saluto in direzione di Tyler e mostrò il pugno a Steven Scarabelli.

"Non possono vederti, zia Amber. È uno specchio finto."

"Oh." Le sue spalle si accasciarono per la delusione mentre prendeva il pomello della porta che conduceva alla stanza degli interrogatori.

"Ferma! Non puoi entrare," sibilai. "Sono nel mezzo dell'interrogatorio."

La mano di zia Amber le cascò al fianco e lei si sedette di fronte a me. Sospirò. "Da quando sei diventata così autoritaria?"

La ignorai e tornai a concentrarmi sugli uomini nella stanza accanto.

"Per l'ultima volta, non ho ucciso io Dirk," stava dicendo Steven. "La sua morte mi ha rovinato finanziariamente. Hanno firmato tutti il contratto e lui si è tirato fuori all'ultimo momento. Mi ero impegnato a pagarli ma non ho nessun film con cui guadagnare. Non posso fare il sequel senza Dirk e ora che lui è morto non ho modo di recuperare le mie perdite."

Zia Amber saltò su dal suo posto. "Che bugiardo! Avrà tutti i soldi dell'assicurazione."

"Siediti." Le feci segno di tornare al suo posto. "Tyler sa tutto. Lascia che gestisca la cosa a modo suo."

Tyler spostò la sedia per avvicinarsi a Steven. "Quando se n'è andato, ti ha spinto oltre il limite. Sapevi che Dirk non avrebbe finito il film a nessuna condizione così ti sei vendicato."

Tyler era davvero convincente anche se io sapevo che non credeva nella colpevolezza di Steven. Speravo solo che la pressione che gli metteva Brayden per un arresto non lo forzasse a ottenere una falsa confessione da un uomo innocente.

"È assurdo. Non ero nemmeno vicino a Dirk." Steven si strofinò la fronte. "Ero troppo impegnato a soddisfare l'ultima pretesa di Dirk, che era di licenziare Amber West."

"No! Questa è una bugia!" Gridò zia Amber saltando su dalla sua sedia. "Dirk era mio amico. È Steven quello che mi ha tradita."

"Silenzio. Lascialo parlare." Portai un dito alle labbra. Prima o poi avrebbe aperto quella porta e tutto quello che potevo fare era tenerla ferma il più a lungo possibile.

Zia Amber mi fulminò con lo sguardo e cominciò a camminare avanti e indietro mentre i due uomini continuavano a parlare. "Steven Scarabelli è un uomo cattivo e malvagio. Dovrei fargli una maledizione."

Alzai gli occhi al cielo. "Stai reagendo in modo esagerato, zia Amber. È meglio che tu non cerchi di fuorviare un'indagine per omicidio solo perché hai perso il lavoro. Lascia che l'investigazione segua il suo corso." Riportai la mia attenzione all'interrogatorio.

"Dirk voleva che tu licenziassi Amber?" Tyler scribacchiò qualcosa nel suo taccuino. "Perché?"

"Dirk trovava Amber davvero fastidiosa. Le aveva promesso una piccola parte per tenerla buona ma poi lei aveva cominciato a pretendere cose come un camper tutto per sé, una posizione più alta nei credits, cose come questa. Lei è l'unico motivo per cui stiamo girando qui a Westwick Corners. Mi ha convinto proponendomi alloggio gratis e nessun pagamento in città."

Fulminai zia Amber. "Sai che non ce lo possiamo permettere." Quello che guadagnavamo con il bed and breakfast copriva a malapena le spese delle bollette. Non potevamo permetterci di lavorare senza averne alcun pagamento.

"Bugiardo." Zia Amber sputò la parola mentre si dirigeva di nuovo alla maniglia della porta.

Le afferrai le spalle e la guidai verso la mia sedia. Mi appoggiai alla porta, decidendo di restare di guardia per evitare che potesse irrompere nell'alta stanza. Avrebbe dovuto passare attraverso di me.

"È vero quello che riguarda l'alloggio gratuito? Stiamo ospitando tutta quella gente alla nostra locanda per niente? E gli diamo anche da mangiare? Non ce lo possiamo permettere." L'ultima fattura dell'ipermercato era più di tremila dollari. Steven non era l'unico con problemi di liquidità.

Zia Amber alzò le spalle. "Che differenza fa? Il film non andrà avanti."

Al mio interno ribolliva la rabbia. Avrei voluto dire tante cose ma non era il momento. Tornai a concentrarmi sugli uomini che sedevano davanti a noi dall'altra parte del vetro.

"Mhmm." Tyler corrugò la fronte. "Perché Amber avrebbe fatto tutte queste promesse se aveva già avuto una parte nel film?"

Il volto di Steven arrossì. "Non penserai che il licenziamento di Amber le dia un movente per uccidere Dirk, vero? Perché noi ci forniamo un alibi a vicenda. Siamo stati insieme tutto il tempo."

Zia Amber si portò la mano alla bocca. "Sta scambiando tutto."

Scossi la testa. "Steven ti sta difendendo. Perché sei così critica?"

"Tutto il tempo?" Tyler scarabocchiò qualcosa sul taccuino.

"Beh, la maggior parte del tempo. Lei è corsa via appena prima che iniziassero le riprese. Me lo ricordo perché all'inizio mi ero preoccupato che corresse in direzione del set e disturbasse le riprese. Poi fui sollevato nel vedere che andava nella direzione opposta."

Zia Amber imprecò sottovoce. "Certo che era sollevato. Quell'idiota."

Il mio cuore perse un colpo. Forse Steven Scarabelli si era diretto verso l'attrezzatura di scena dopo che zia Amber se n'era andata e nessuno l'aveva notato perché erano tutti concentrati sulle riprese. Io ero stata distratta da zia Amber e l'avevo vista correre via. Era possibile che lui fosse venuto verso me e zia Pearl senza che io me ne accorgessi. Per la prima volta, non ero più sicura. Forse non mi ricordavo molto bene ma era quello che volevo credere. Tornai a concentrarmi sugli uomini nella stanza accanto.

Tyler si accigliò. "C'è una cosa che proprio non capisco, Steven. Perché Dirk dovrebbe essere quello che decide sui credits del film e chi può avere il proprio camper? Come produttore, non decidi tu le gratifiche degli attori? Dirk è solo un altro attore che lavora per te, anche se è la star. Perché Amber avrebbe chiesto dei favori a Dirk?" Tyler si sporse in avanti sulla sedia. "Non è lui a guidare lo show. Sei tu."

Steven sospirò. "Lei pensava che io avrei detto di no. In effetti le avevo già negato alcune delle richieste più assurde. Allora era andata da Dirk a lamentarsi su di me. Lei sa che Dirk ha... aveva... un certo ascendente e che regolarmente fermava la produzione a meno che non fossero soddisfatte le sue pretese. Penso che l'abbia fatto per dispetto."

"È la verità?" Sussurrai.

Zia Amber alzò le spalle con gli occhi fissi sullo specchio. Il suo volto era rosso di rabbia mal contenuta.

"Esattamente quando ti ha chiesto di licenziarla?" Chiese Tyler.

La personalità forte di zia Amber qualche volta la rendeva difficile ma non avrei mai pensato che potesse manipolare le persone. Mi sorprese il fatto che potesse andare da Dirk dopo che Steven le aveva negato alcune richieste. Avevo sempre pensato che lei fosse al di sopra di questo genere di comportamento. Forse l'idea della fama le aveva dato alla testa.

"Poco prima dell'inizio delle riprese," disse Steven. "Le lamentele di Amber l'avevano davvero scocciato. Dirk mi aveva detto che o se ne andava lei o se ne sarebbe andato lui. Non aveva intenzione nemmeno di finire la scena se lei restava lì."

Ripensai alla discussione all'esterno del camper di Steven.

"Io pensavo che Dirk si fosse già tirato fuori dal film." Tyler sembrò leggermi nella mente. Si grattò il mento e scribacchiò alcune frasi sul taccuino.

Steven sospirò. "Si era tirato fuori dal prossimo film, non da questo. La prima parte delle riprese qui a Westwick Corners era semplicemente per concludere alcune delle scene in esterna. Il film era quasi fatto."

Ora capivo perché zia Amber non era nella scena. Il suo film non era ancora iniziato.

"Allora Amber era stata cacciata dal prossimo film, poco prima che quel film iniziasse?" Chiese Tyler.

"È così. Lei l'ha presa piuttosto male." Steven scosse la testa tristemente. "Vorrei che Dirk non avesse insistito perché io avrei potuto gestire la cosa in modo diverso, rendendola più semplice per lei. Amber aveva solo un paio di scene, un ruolo minore parlato. Ora lei mi odia e la cosa mi fa soffrire. Amber e io siamo amici da decenni. Mi fa star male pensare che lei creda che sono io che l'ho voluta cacciare."

Mi girai verso zia Amber. "È vero?" La sua pretesa di essere protagonista di un film di cassetta sembrava essere una vera esagerazione a sentire Steven. La versione del regista era molto più credibile, pensare a mia zia come attrice principale mi era sembrata una cosa strana da subito.

Mi guardò corrucciata, con le braccia incrociate. Una lacrima solitaria le scese lungo la guancia mentre si girava dall'altra parte.

Sembrava ancora poco probabile che Steven avesse ucciso Dirk, a parte la testimonianza di zia Pearl. Ma lei diceva la verità? Non c'era alcuna prova che sostenesse il suo racconto. Almeno non ancora.

Steven scosse la testa. "Probabilmente le scene di Amber sarebbero state tagliate in fase di montaggio, conoscendo Dirk. Pensavo che licenziarla fosse una soluzione troppo drastica."

"Che uomo cattivo!" Zia Amber mostrò il pugno allo specchio. "Sta inventando questa bugia così elaborata per nascondere quello che ha fatto. Non la passerà liscia!"

"Lascia che lo sceriffo faccia il suo lavoro, zia Amber." Afferrai la spalla di mia zia ma era troppo tardi.

Lei aveva già la mano sulla maniglia della stanza degli interrogatori. Aprì di colpo la porta e fece irruzione. Puntò l'indice verso Steven Scarabelli. "Questo è l'assassino. Ho visto tutto!"

CAPITOLO 14

Ci volle quasi un'ora piena per calmare zia Amber ma alla fine riuscimmo a farla ragionare. Il fatto che fosse stata licenziata era irrilevante ora che le riprese erano state interrotte. Non c'era bisogno che lo sapesse nessuno perché il film probabilmente non sarebbe mai stato fatto. Il suo licenziamento non sarebbe stato reso pubblico e lei non avrebbe fatto una figuraccia.

Dal momento che zia Amber aveva finalmente compreso la gravità della situazione, aveva almeno evitato di continuare ad accusare Steven di omicidio. Il mio racconto come testimone oculare che l'aveva vista lasciare la scena prima dell'inizio delle riprese sosteneva la dichiarazione di Steven. Questo significava che lei non avrebbe potuto assistere all'assassinio di Dirk.

Quindi perché aveva mentito?

Che il risentimento o, nel migliore dei casi, un ricordo fallace potesse portare a un'accusa di omicidio era fastidioso, per usare un eufemismo. Era doppiamente fastidioso sentire una cosa del genere da una zia che ritenevo onesta fino a prova contraria. Immagino che fosse così coinvolta da questa cosa del cinema da non riuscire a comportarsi in modo logico come al solito, né ragionevole. A parte questo, non ci eravamo affatto avvicinati alla fine dell'indagine. Le tracce seguite avevano solo fatto perdere tempo e fatica a tutti. Era quasi certo che Steven Scarabelli non fosse l'assassino di Dirk e, nel frattempo, il vero killer rimaneva libero di agire nuovamente.

L'unica cosa positiva successa nelle ultime ore era che Mamma ci aveva portato la cena. Aveva anche convinto zia Amber a tornare alla locanda per rilassarsi un po'. Questo riportò il sorriso sul mio volto. Sapevo che la mamma l'avrebbe presto messa al lavoro. E non era necessariamente un fatto negativo.

Mi sedetti di fronte a Tyler nel suo ufficio. I piatti mezzi consumati del pollo alla griglia di mia madre si erano raffreddati mentre noi osservavamo con attenzione le riprese del film, fotogramma per fotogramma, al rallentatore. Anche su un grande schermo da cinquanta pollici, era difficile distinguere tutta l'azione. Gli spari venivano da diverse parti e la strada polverosa oscurava l'azione tanto da non consentire di distinguere chi stava sparando in un certo momento. E comunque cinque delle sei pistole sparavano a salve, quindi questo non ci aiutava molto. Il trucco stava nel cercare di immaginare quale pistola avesse sparato la pallottola mortale. Dato che Dirk era il protagonista, la cinepresa metteva lui al centro. Questo rendeva semplice vedere chiaramente quando veniva colpito, ma più difficile capire chi fosse a sparare fuori scena.

"Forse una delle macchine da presa aveva un'angolazione differente?" Ero speranzosa.

"Secondo il cameraman no e poi abbiamo visto tutto il girato."

"Non avrei mai pensato che fosse così difficile," dissi. "Non ci sono molti crimini che vengono filmati. E comunque, nonostante tutti i testimoni e delle vere riprese, non riusciamo a capire che cosa è successo."

Tyler annuì. "Dal momento che i colpi a salve sono stati sparati insieme alla pallottola, è praticamente impossibile distinguere chi ha sparato a Dirk. Considerata la traiettoria della pallottola, quello che possiamo fare è escludere tutti tranne quelli che stavano sulla parte sinistra del set. Ora, il problema è determinare chi era fuori dall'angolo di ripresa sulla sinistra. Dato che non sono nel girato, possiamo solo procedere per eliminazione."

Fermò la scena sullo schermo e puntò Dirk con la matita. "Vedi l'espressione del volto di Dirk? È dolorante. Questo è il momento in cui gli hanno sparato."

Io feci una smorfia. "È morboso catturare in questo modo la morte di una persona." Avevo sperato che il girato potesse identificare il killer ma le macchine da presa si concentravano soprattutto su Dirk. Dato che era una scena di azione, lo sfondo era fuori fuoco per la maggior parte del tempo e nemmeno questo aiutava.

"Sembrano tutti nella posizione sbagliata per sparare a Dirk," disse Tyler. "La pallottola di uno degli attori lo avrebbe colpito alla schiena, dato che lo stavano inseguendo. Invece è stato colpito al petto."

"È vero," dissi. I protagonisti maschili insieme a Dirk erano alle sue spalle, con Arianne che seguiva qualche metro dietro. Anche tutti quelli che guardavano le riprese sul set erano dietro a Dirk. "Il girato esclude tutti gli attori sulla scena e quasi tutto lo staff che lavorava lì vicino."

Anche se il girato non incriminava nessuno, almeno faceva escludere gli attori e qualche operaio. Non scagionava Steven Scarabelli. Anzi, rinforzava l'accusa contro di lui. O almeno l'avrebbe fatto agli occhi di Brayden.

Poi c'era l'arma del delitto. Come era andata a finire sul fondo della scatola degli attrezzi di scena rimaneva un mistero, almeno per me. Ma le accuse di zia Amber convalidavano il racconto da testimone oculare di zia Pearl, che sosteneva di aver visto Steven manomettere la scatola degli attrezzi, e Tyler non aveva avuto altra scelta che arrestarlo. Questo faceva felice Brayden ma preoccupava me.

Nonostante le dichiarazioni di zia Pearl, non avevamo nessuna prova reale che Steven fosse sulla scena. Anche se fosse stato vicino alla scatola degli attrezzi, come sosteneva zia Pearl, questo sarebbe successo dopo la scena dell'inseguimento nella quale Dirk veniva ucciso. Prima di quello, stava parlando con zia Amber stando dalla stessa parte del set degli attori e quindi in un'angolazione impossibile per sparare a Dirk Diamond nel petto.

Tyler inclinò la testa verso la cella singola dove era stato rinchiuso Steven. "Tu sei sicura di averlo visto con Amber?"

LA NOTTE DELLE STREGHE

Annuii.

"Se questo è vero, allora non può aver sparato a Dirk," disse Tyler. "Ho un uomo innocente dietro le sbarre e le mani legate. Se non riesco a trovare il vero assassino, non posso rilasciare Steven. Altrimenti perdo il lavoro e Brayden probabilmente chiamerà la Guardia nazionale."

"Non possiamo lasciare che succeda." Infilzai un pezzo di pollo alla griglia freddo con la forchetta. "Quanto a lungo lo puoi trattenere?" Speravo solo che fosse abbastanza per riuscire a trovare il vero assassino.

"Devo rilasciarlo o accusarlo formalmente entro ventiquattro ore. È già brutto tenerlo in prigione, ma accusarlo? La pubblicità negativa lo rovinerà e io non voglio farlo."

"In ogni caso tu perdi," acconsentii.

"Nel caso migliore sarà strapazzato dai tabloid. In quello peggiore arriverà al processo e trascorrerà il resto della vita in galera. Mentre il vero assassino rimane libero. E tutto per colpa del tuo ex ragazzo troppo zelante."

Io avrei detto troppo geloso. Ero convinta che almeno in parte il comportamento di Brayden fosse causato dalla vendetta nei miei confronti perché uscivo con Tyler. Non potevo farci molto, ma era comunque frustrante. Alzai le mani al cielo. "Non è colpa mia."

"Scusa, Cen. Non sto biasimando te. È solo difficile indagare su un assassinio con un capo folle che mi alita sul collo. Uno scivolone e perdo il lavoro."

"Sai che potresti sempre fare domanda alla polizia di Shady Creek. Saremmo solo a un'ora di distanza." Non vedevo altro modo per uscirne. Brayden ce l'aveva con Tyler in ogni caso.

"No, Cen," disse Tyler. "Non mi lascerò intimidire da Brayden. Mi vuole sostituire con qualcuno che gli dice sempre di sì. È già abbastanza difficile mantenere la giustizia in una città piccola."

"Immagino che non sarà sindaco per sempre." Comunque era sempre troppo e io odiavo la pressione costante che Brayden metteva a Tyler e la sua urgenza per chiudere il caso a ogni costo. Non potevo permettere che una motivazione politica portasse a imprigionare un uomo innocente, anche se avessi dovuto ricorrere alla stregoneria per farlo. Era sbagliato anche interferire, ma forse era meno sbagliato.

Tyler sospirò. "Sembra davvero per sempre."

"Lo so. Sono anche sicura che non sia stato Steven. L'ho visto discutere con zia Amber con i miei occhi. Solo non riesco a capire perché zia Pearl dice qualcosa di diverso." I racconti dei testimoni oculari spesso erano terribilmente discordanti perché sulla memoria non sempre si può fare affidamento. Ma senza prove, il mio racconto come testimone oculare, che avrebbe potuto scagionare un uomo innocente, praticamente non aveva valore. La mia testimonianza era fondamentalmente annullata da quella di zia Pearl.

"Lo so anch'io," disse Tyler. "Uccidendo la sua star principale, Steven ucciderebbe anche la sua carriera cinematografica. Da quello che capisco, è piuttosto rovinato finanziariamente e questo film avrebbe dovuto ridargli lustro. Ma se Steven non ha ucciso Dirk, allora chi è stato?"

"Guardiamo di nuovo la nostra lista." Camminai verso la lavagna dove Tyler aveva fatto un elenco del cast e dello staff. Osservai i nomi, tutte persone che erano già state interrogate, almeno in modo superficiale. Feci un segno vicino a ogni persona la cui posizione era stata verificata in modo indipendente dal girato del film o, nel caso dei cameraman, dall'angolazione della macchina da presa e dai testimoni.

C'erano comunque ancora decine di persone presenti che non potevano essere eliminate. C'erano operai del set in attesa e almeno qualche decina di abitanti del posto che guardavano le riprese. Persone libere di uccidere, se fossero riusciti a farcela. Bill e Pearl erano solo due esempi. L'alibi di ognuno erano gli altri presenti. Le loro storie e la loro credibilità dovevano essere provate.

"Non ho niente." Mi sedetti, demoralizzata dalla nostra mancanza di progressi.

"Proviamo a guardarlo di nuovo." Tyler fece partire di nuovo il film mandandolo avanti fino al momento dell'impatto. Fermò la pellicola e picchiettò sullo schermo. "Guarda il lato sinistro del set. E da lì che è partita la pallottola."

Dirk si teneva stretto il petto un attimo prima che i suoi occhi schizzassero dal lato opposto della strada come per incrociare lo sguardo del suo assassino. Un lampo di riconoscimento gli attraversò il viso nello stesso momento in cui cadeva nella strada polverosa.

Dirk aveva visto il suo assassino.

Seguii lo sguardo di Dirk ma non c'era nessuno. Solo edifici vuoti, le finestre scure in contrasto con l'esterno luminoso e appena dipinto. Mi avvicinai allo schermo e, con gli occhi socchiusi davanti al grande video, cercai di cogliere qualcosa dietro le finestre.

Ma non rivelarono niente. Qualunque segreto si celasse dietro quelle finestre scure sarebbe rimasto lì, a nascondere un assassino a piede libero.

CAPITOLO 15

Guardai lo schermo da vicino, osservando attentamente e cercando di distinguere delle ombre tra i pixel.

Ma non c'era nessuno, nemmeno un'ombra. L'assassino di Dirk avrebbe anche potuto essere invisibile. Lui o lei erano ben nascosti, nonostante il set di un film con diverse cineprese e decine di testimoni.

Dava un nuovo significato all'espressione "assassinio alla luce del sole".

Mi allontanai dallo schermo mentre Tyler andava avanti e indietro nell'ufficio scuro. Avevamo guardato il girato per ore ma non ci eravamo avvicinati per niente all'identificazione del killer.

La scena sulla strada molto illuminata rendeva impossibile vedere chiunque all'interno dell'edificio ma la cosa più strana di tutte era l'angolazione della pallottola. Considerando la traiettoria, chi aveva sparato avrebbe dovuto sporgersi da una finestra aperta o da una porta, rivelando almeno temporaneamente la propria posizione. Tuttavia non c'erano vetri di finestre rotte. A meno che chi sparava fosse invisibile, non riuscivo a immaginare come fosse successo.

"Forse il killer ha lasciato una traccia. Dovremmo controllare l'interno degli edifici," dissi.

"Ho un'idea." Tyler alzò l'indice mentre stava sulla soglia. Si girò e si diresse alla cella di Steven. "Torno tra un attimo."

Guardai la porta chiudersi alle sue spalle e presi il telecomando per riavvolgere il nastro.

"Yu-hu!" Una voce dal tono alto arrivò dal soffitto.

Alzai lo sguardo e fui sorpresa di vedere il fantasma di nonna Vi galleggiare vicino al soffitto.

Saltai sulla sedia, spaventata. "Cosa fai qui?" Nonna Vi non lasciava quasi mai casa e non avevo idea del perché fosse qui.

"Immagino che ti sia dimenticata," tirò su con il naso sul punto di piangere.

Non pensavo che i fantasmi potessero piangere ma mi sentii anch'io gli occhi umidi. "Certo che mi ricordo." Sul mio onore non sapevo proprio che cosa avrei dovuto ricordare. La morte di Dirk aveva cancellato tutto il resto.

"Allora perché non sei tornata a casa? Dovevamo fare le pozioni d'amore, no?"

Mi portai la mano alla bocca. "Oh, nonna, mi dispiace tanto. Non mi sono accorta del tempo che passava. Prometto che mi farò perdonare." Mi sentii un po' colpevole nel rendermi conto quanto si doveva essere preoccupata. Nonna Vi non usciva mai di casa perché aveva paura di perdersi. I fantasmi non potevano volare davanti a un qualunque passante per chiedere aiuto. E comunque aveva lasciato la sua protezione e corso un grande rischio personale, preoccupata per la mia salute.

E io mi ero completamente dimenticata di lei.

"Domani?" Sorrisi speranzosa mentre lei mi volava all'altezza degli occhi.

"Non torni mai a casa, Cen. È come se tu non avessi più tempo per la tua nonna. Si dimenticano tutti di me." Scosse tristemente la testa. "Suppongo di avere bisogno di una pozione per tirarmi su. Non mi vuole più nessuno."

"Questo non è proprio vero, nonna. Ho solo perso il senso del tempo, ecco tutto." Istintivamente mi piegai verso di lei per abbracciarla, dimenticandomi che era un fantasma. Cascai sul tavolo. "Ahi!"

"Sapevo che sarebbe successo."

"Tyler ha bisogno urgente del mio aiuto con un caso." Mi chiesi se era il caso di raccontarle i particolari ma cambiai idea. La famiglia West stava interferendo già troppo e gli scherzi da fantasma di nonna Vi avrebbero fatto precipitare ulteriormente le cose.

"A maggior ragione, Cen. Se lasci che il lavoro si metta tra voi, prima che te ne renda conto sarete come estranei."

"È una cosa temporanea. Avevo in mente di venire a raccontartelo ma sono stata trattenuta." Mi sentivo malissimo a mentire ma pensavo fosse peggio urtare la sensibilità della nonna ammettendo che mi ero dimenticata. La verità era che non avrei potuto lasciare Tyler in un momento in cui il suo lavoro e il nostro futuro erano a rischio.

"Tu e Tyler siete così noiosi. Siete come una vecchia coppia di sposi. Hai bisogno di una pozione, Cen. La pozione d'amore numero quattordici, penso. Mhmm… Forse la numero dodici. Tu non ti rendi conto ma sei in una situazione difficile. Devi riportare all'ordine la tua vita amorosa prima che sia troppo tardi."

"Ehm… Certo, nonna. Prometto che sarò a casa in un paio d'ore e poi faremo le nostre pozioni." Lei era parte del motivo per cui eravamo una coppia noiosa. Tyler non poteva vedere né sentire nonna Vi, ma il fatto che vivessimo insieme portava infiniti sensi di colpa quando si fermava per la notte. Lei rispettava la nostra privacy, ma il solo fatto di sapere che c'era mi metteva a disagio. E anche se Tyler sapeva dei miei poteri soprannaturali non aveva idea che il fantasma di mia nonna volteggiasse sempre sullo sfondo. Non era nemmeno qualcosa che avrei potuto spiegare perché tutta la storia dei fantasmi sfuggiva alla logica. Anche per le persone che credevano nelle streghe.

Nonna Vi scosse la testa. "Se vuoi mantenere quel tuo ragazzo, è meglio che ti dia una mossa. Guardatevi, davanti allo stesso film decine di volte in una sala riunioni. Ai miei tempi gli uomini non corteggiavano le donne in questo modo. Dov'è il romanticismo?"

"Non è un appuntamento, nonna. Stiamo lavorando." A dire la verità parte del motivo per cui mi fermavo fino a tardi con Tyler era perché era l'unico momento in cui potevo stare da sola con lui. In quel periodo la casa era ancora più affollata del solito, dal momento che zia

Amber si fermava da noi mentre stava in città e, con loro due, il mio rifugio privato sull'albero sembrava piuttosto un Airbnb. "C'è stato un omicidio."

"Ah, so tutto dell'omicidio, Cen. Ho visto tutto."

"Tu eri lì? Ma non esci mai." Restai a bocca spalancata.

"Ma certo che ero lì! Non avrei perso il debutto cinematografico di mia figlia per niente al mondo." La sua forma trasparente si scurì. "Ero così ansiosa di vedere la scena ma poi quel tizio è stato ucciso. Immagino che l'omicidio implichi che la stella di Amber sulla Walk of Fame di Hollywood sarà ritardata."

"Zia Amber è stata licenziata, nonna. Non sarà nel film. Non l'hai vista che parlava a Steven Scarabelli?"

"No. Stavo guardando la scena, aspettando che lei arrivasse. Solo che non l'ha mai fatto."

Questo mi diede un'idea. "Stavi galleggiando al di sopra di tutti come stai facendo ora?"

"Sì, perché?"

"Perché là c'era qualcuno che non avrebbe dovuto esserci."

"Ci stavo pensando perché non riuscivo a immaginare quell'altra persona." Galleggiò davanti allo schermo delle proiezioni.

"Chi!" Avevo appena pronunciato le parole quando un clangore rimbombò attraverso l'edificio. Era il suono di metallo su metallo, la porta della cella che colpiva il muro. "Veloce, prima che ritorni Tyler."

"Cen, ascolta bene. Ho visto qualcuno dal mio unico punto di vista. Sai chi ha premuto il grilletto?"

"Chi?" Allungai il collo per seguirla mentre volava in su verso il soffitto.

Alzò le braccia per creare un effetto drammatico. "Non è stato uno degli attori. È stato…"

Tyler fece irruzione nella stanza, seguito da Steven Scarabelli. Tyler aveva uno sguardo curioso mentre perlustrava la stanza. "C'è qualcun altro qui?"

"No." Scossi la testa. "Parlavo con me stessa."

Tyler aggrottò le sopracciglia si girò verso Steven. Gli fece cenno di sedersi dove stavo io pochi minuti prima. "Non preoccuparti. Per ora rilascio Steven. Mi ha dato la sua parola che non lascerà la stanza alla locanda, almeno fino a domani."

"Oh oh." Nonna Vi mimò delle parole con la bocca ma non riuscivo a leggerle le labbra.

"Eh?" Mi allungai per sentire.

"Cen?" Tyler si accigliò. "Perché stai fissando il soffitto?"

"Cosa?" Riportai in basso la testa. "Mi fa male il collo. Mi stavo solo allungando."

Tyler prese dalla scrivania un mucchio di carte e le pose davanti a Steven. Picchiettò le carte con un dito. "Ti rilascio con la promessa che non lascerai la città. Firma qui sotto."

Steven fece quello che gli veniva ordinato, scarabocchiando una firma illeggibile in fondo alla pagina.

Tyler aprì con la chiave la cassettiera e ne estrasse una borsa di plastica trasparente che conteneva portafoglio, chiavi e il resto degli effetti personali di Steven. Glieli passò. "C'è un autista che ti aspetta fuori per portarti direttamente alla locanda. Vai subito nella tua stanza. Non lasciarla tranne che per i pasti nella sala da pranzo. Qualunque cosa succeda, non lasciare la proprietà e non lasciare la città. Hai capito?"

Steven annuì. "Ho capito."

"Bene. Perché altrimenti ti devo arrestare per omicidio. Non avrai nemmeno la libertà vigilata."

"Resterò nella mia stanza," disse Steven. "Ho un bel po' di telefonate da fare, mi terranno occupato."

"Ti suggerisco di fare una di quelle telefonate a un avvocato, e rapidamente," disse Tyler. "Non è ancora finita."

Restai nell'ufficio ad aspettare che Tyler accompagnasse Steven all'auto che l'aspettava all'esterno.

"Possiamo andare ora, Cen? Non ho tutto il giorno, sai." Nonna Vi svolazzava avanti e indietro davanti alla porta aperta, evidentemente impaziente.

"Presto, nonna, lo prometto." Finii di parlare proprio mentre si apriva la porta esterna dell'ufficio.

Questa volta Tyler non mi aveva sentita. Rientrò in ufficio e si sedette, esausto.

"E se Brayden scopre che hai rilasciato Steven? Sarà furioso." Il piano di Tyler mi sembrava un po' azzardato. Non volevo che perdesse il suo lavoro per aver rilasciato Steven Scarabelli.

"Ci penserò quando sarà il momento," disse Tyler. "Se Scarabelli collabora, Brayden non potrà dire niente. Mi rendo conto che non è molto ortodosso ma Steven non è il nostro assassino. La sua stanza alla locanda è più confortevole di una cella e sono sicuro che possiamo fare in modo che tua madre e Pearl lo tengano d'occhio."

"È una grande idea," dissi, anche se non ero del tutto convinta. Zia Pearl sarebbe stata entusiasta di essere coinvolta, ma il problema era che spesso si lasciava coinvolgere troppo. D'altra parte, tenendola occupata, sarebbe rimasta fuori dai guai. Forse avrei anche potuto convincere nonna Vi a tenere d'occhio zia Pearl.

Tyler annuì. "Sarò più libero anche perché Scarabelli mangerà alla locanda. In questo modo non mi dovrò preoccupare di lui. Avrò più tempo per le indagini. È anche meglio per Steven. Cominciano già a circolare voci che sia un sospetto. Se non è in giro non ci penseranno."

"Uh, dovrò tenere d'occhio un criminale!" Nonna Vi dal soffitto strofinò le mani da fantasma.

"Non è un criminale," sussurrai verso il soffitto. "Non ci sono prove."

"Avrà le manette? Avrò una pistola?" La nonna galleggiava a pochi centimetri dal mio volto.

"Niente manette." Scossi la testa. "Di sicuro nessuna pistola." I fantasmi non potevano portare armi, figuriamoci premere un grilletto. Non era di lei che mi preoccupavo. Una pistola avrebbe potuto cadere nelle mani sbagliate. Che era il motivo per cui eravamo lì.

"Perché parli da sola, Cen?" Le sopracciglia di Tyler si avvicinarono mentre le aggrottava. "Ti stai comportando in modo strano ultimamente. Mi sembra che tu stia perdendo la testa."

"Sono solo stanca. Pensare ad alta voce mi aiuta a concentrarmi." Fulminai con lo sguardo nonna Vi, sperando che avrebbe colto il suggerimento e fosse sparita verso casa, ma non si mosse. Non avevo intenzione di presentare la mia nonna fantasma, invisibile o no. Nonna Vi sfruttava questo vantaggio.

"Focus pocus." Nonna Vi rise e mi fece l'occhiolino. "Niente che non si possa curare con una pozione."

Se solo le cose fossero state così facili.

CAPITOLO 16

*L*asciai Tyler all'ufficio dello sceriffo e mi diressi al Westwick Corners Inn per vedere se Mamma aveva bisogno di aiuto.

Mentre percorrevo il vialetto diretta alla locanda, sentii voci e risate venire dal Witching Post, il bar gestito dalla mia famiglia sulla nostra proprietà. Era a meno di trenta metri dalla locanda, così all'ultimo momento feci una deviazione per vedere cosa stava succedendo. Non sarei stata sorpresa se parte del cast e dello staff avesse deciso di affogare i dispiaceri nell'alcol e il nostro era praticamente l'unico locale in città dove poterlo fare.

I miei sospetti furono confermati quando aprii la pesante porta in legno ed entrai. Il Witching Post era affollato di gente del cinema. Quelli che alloggiavano a Shady Creek avevano ovviamente deciso di fermarsi in città per svagarsi. A parte sentimenti di vario genere nei confronti di Dirk Diamond, sembrava che tutti fossero in attesa di assistere agli sviluppi del caso.

Considerato lo stato generale di ubriachezza, l'ambiente ricordava quello di un venerdì di paga, piuttosto che la veglia per un defunto. Il bar mi ricordò la scena in biblioteca in un giallo di Agatha Christie, salvo che erano tutti ubriachi. Le congetture suscitate dall'alcol erano inarrestabili e tutti, a turno, cercavano di indovinare chi avesse ucciso

Dirk. Secondo qualcuno l'attore aveva delle connessioni con la mafia e altri suggerivano che fosse rimasto vittima di un triangolo amoroso.

Alcuni pensavano pure che la morte di Dirk fosse una manovra pubblicitaria ben riuscita e si aspettavano di vederlo saltar fuori dalla porta del Witching Post in qualunque momento, arrabbiato come sempre.

Tuttavia c'era una cosa chiarissima. Nel locale nessuno pensava che Steven Scarabelli avesse ucciso Dirk. Ci fu anche un tentativo di raccogliere fondi per pagargli l'avvocato, che però non ebbe molto successo visto che ora erano tutti disoccupati. Questo dimostrava quanto Steven fosse amato.

Notai zia Amber a un tavolino d'angolo e mi sedetti di fronte a lei. "Ti senti meglio?"

"Ho fatto di tutto per aiutare Steven e guarda qual è il risultato." Zia Amber spolverò l'ultima nocciolina dal piatto al centro del tavolo e se la gettò in bocca. "La mia carriera è rovinata."

Mi allarmai quando la vidi afferrare un'altra vaschetta di noccioline dal tavolo accanto. Zia Amber mangiava quando era sconvolta, ma in quel momento sembrava persa nei suoi pensieri, ignara di quello che le accadeva intorno, comprese le noccioline che mandava giù senza guardare. Sulle braccia e sul collo si stavano formando grandi chiazze rosse, che mi facevano temere che covasse un desiderio di morte. "Basta mangiarle. Sai che sei allergica."

"Non lo sopporto, Cen." Gridò zia Amber. "Cosa ne sarà della mia stella sulla Walk of Fame? Non ci arriverò mai."

Almeno nell'angolo dove sedevamo avevamo un po' di privacy, ma anche con la luce soffusa del bar, il viso gonfio di zia Amber era chiaramente visibile. "Calmati e fai un respiro profondo. Dov'è la tua EpiPen?"

"Dannazione." Abbassò il capo e si strofinò il volto tra le mani. Recitò un incantesimo sottovoce, così piano che non riuscii a capire le parole. In pochi secondi il suo sfogo era quasi sparito.

Tirai un sospiro di sollievo perché non aveva lanciato una maledizione su Steven o chiunque altro. Afferrai la vaschetta di noccioline e la portai a un altro tavolo.

Tornai ad accomodarmi al mio posto. "Hai usato la stregoneria per avere una parte nel film?" C'erano regole molto strette riguardo l'utilizzo della stregoneria per vantaggio personale e zia Amber le sapeva tutte a memoria. Normalmente era così ligia alle regole che era l'ultima persona che pensai potesse fare una cosa del genere. Ma in quella giornata non c'era niente di normale.

Afferrai la sua mano e la strinsi. "Zia Amber?"

"Ecco, ora mi sento meglio." Alzò lo sguardo incrociando i miei occhi. La sua pelle era liscia e pulita, senza traccia dell'eruzione di poco prima. "Tutta questa storia mi sta stressando. È tutta colpa mia. Non avrei mai dovuto aiutare Steven."

"Come lo hai aiutato? Pensavo fosse il contrario." Non riuscivo a capire in quale altro modo zia Amber avesse potuto avere una parte in un film di cassetta senza assolutamente alcuna esperienza in recitazione.

"Ma certo che l'ho aiutato, Cen. Gli ho procurato Dirk Diamond."

Alzai gli occhi al cielo. "Come puoi dire una cosa simile? Steven aveva già Dirk Diamond. *Rapina di mezzanotte* è il seguito di *Rapina di mezzogiorno* e anche lì Dirk era il protagonista. È stato un film di enorme successo, è abbastanza ovvio che avrebbe fatto anche il sequel."

"Sembrerebbe ovvio, ma Dirk non aveva ancora firmato il contratto. E per una buona ragione. Pensava che Steven non gli stesse proponendo un buon affare."

"Come fai a sapere cosa pensava Dirk Diamond?" Abbassai la voce quando vidi Steven Scarabelli entrare nel bar. Imprecai sottovoce, preoccupata nel vederlo fuori dalla sua stanza. Sperai solo che Brayden non decidesse di farci chiudere il locale.

Tornai a girarmi verso zia Amber. "Dirk mi è sembrato molto poco riconoscente quando eravamo al camper di Steven. Eppure se non fosse per Steven, Dirk non sarebbe diventato una star." Sembrava strano parlare di Dirk al passato, anche se non riuscivo a dimenticare l'immagine del suo cadavere. Era incisa nel mio cervello. Un lampo di luce mi colpì gli occhi. Mi girai e vidi delle fiamme salire da dietro al bancone.

Zia Pearl ci fece un cenno di saluto. O stava facendo un cattivo lavoro come barista o un buon lavoro cercando di bruciare il locale.

Saltai dalla sedia, imprecando per aver urtato il ginocchio sul tavolo. Corsi verso il bar, scivolando sul pavimento umido. Riuscii a restare in equilibrio. "Zia Pearl, prendi dell'acqua! Spegni le fiamme!"

Lei afferrò una bottiglia dal bar e la agitò in mano.

Correndo verso di lei, notai con orrore che non era acqua ma una bottiglia di vodka. "No!"

Mi tuffai per afferrare la bottiglia prima che esplodesse tutto ma urtai un muro invisibile con una tale forza che doveva essere soprannaturale. Ricaddi a terra e feci un carpiato all'indietro prima di trovarmi in una posizione seduta.

Mi guardai intorno, aspettandomi l'inferno. Al contrario, ora le fiamme erano contenute in due bicchierini da liquore, come se non fosse mai successo niente.

Tutti nel bar mi stavano fissando, poi qualcuno applaudì.

Zia Pearl sogghignò. "Forza, Cen. Rimettiti in sesto."

La fulminai con lo sguardo mentre mi rialzavo barcollando. "Attirando l'attenzione non ti procurerai una carriera nel cinema, zia Pearl. Smettila di dare spettacolo."

"Senti chi parla. Rilassati, Cendrine. Sembra che tu non abbia mai visto prima la sambuca alla fiamma." Sollevò i due drink con le mani che indossavano dei guanti da forno e li appoggiò davanti a Steven Scarabelli e Arianne Duval.

Mi sentivo un po' a disagio per il fatto che Steven se ne stava al bar. Anche se aveva rotto la promessa di rimanere in camera fatta a Tyler, almeno era ancora sulla nostra proprietà. Non c'era nessun altro posto dove andare a quest'ora e c'erano poche possibilità che Brayden facesse un salto. Probabilmente non ci sarebbero stati problemi.

Steven e Arianne sembravano entrambi provati ed era certo comprensibile che volessero bere qualcosa dopo tutto quello che era accaduto durante la giornata. Soprattutto Steven, che probabilmente era ancora scosso per aver passato del tempo in galera. Anche se la gente non stava esattamente piangendo Dirk, la sambuca alla fiamma mi sembrò un po' troppo allegra. Mi chiesi di chi fosse stata l'idea.

Arianne si allontanò dal suo drink e fece vento con la mano sul bicchierino. "Posso averlo un po'... Rinfrescato?" Fece un cenno di saluto gentile alla mia direzione.

Zia Pearl alzò gli occhi al cielo prima di allungarsi per spegnere le fiamme sul drink di Arianne, quasi bruciacchiandosi le sopracciglia.

Arianne rabbrividì e allontanò il bicchierino con un lungo dito ben curato.

Per fortuna Steven cambiò soggetto. "Hai visto Bill?"

"No." Mi sembrò strano che chiedesse a me, tra tutti quanti. "Hai controllato nella sua stanza?"

Annuì. "Ero lì alcuni minuti fa, ma quel tipo mi sta evitando. Mi deve dei soldi e io non posso aspettare più a lungo. Sono incastrato e devo pagare tutti."

"Esattamente quanto ti deve?" L'aspetto economico mi interessava perché i soldi sembrano sempre portare alla luce il lato peggiore delle persone. Bill non aveva parlato di nessun problema con Steven. Magari era imbarazzato all'idea di dovergli dei soldi. Ma sarebbe stato utile sapere che Steven era lì per riscuotere il suo debito da Bill. Questo almeno dava a Steven un buon motivo per aggirarsi attorno agli attrezzi di scena. Ma se era per quello, perché non l'aveva detto subito? O forse Bill sosteneva che Steven era vicino alla scatola degli attrezzi per allontanare da sé i sospetti.

Mi sentii una mano sul braccio e girandomi vidi zia Amber al mio fianco. Con Steven dall'altra parte, mi sentii un po' a disagio per come stavano procedendo le cose. "Forse dovremmo andare ad aiutare Mamma."

"Per me va bene." Zia Amber si girò verso Steven. "Forse penserai che stai per farla franca con l'assassinio, Steven, ma non è così. Se non ti prende la polizia, lo farò io."

"Zia Amber!" Intrecciai il mio braccio nel suo e la portai via, verso la porta del bar. "Come puoi dire una cosa simile all'uomo che ti ha dato la tua grande opportunità?"

"Il mio talento è quello che mi ha dato l'opportunità, Cen. E io, da

parte mia, ho aiutato Dirk. A parte essere il mio *protégé* era un caro
amico. Non ha mai dimenticato quando io l'ho presentato a Steven e
gli ho fatto avere la sua grande opportunità. Salta fuori che è stato un
errore fatale. È tutta colpa mia." Scoppiò in singhiozzi mentre la
guidavo verso la porta. "Forse dovrei solo farla finita. Senza il mio
coprotagonista, non ho motivo di vivere."

Aprii la porta e quasi trascinai zia Amber che si appoggiava pesante-
mente al mio braccio. Non avrei saputo dire se era seria o stesse
solamente cercando di attirare l'attenzione, ma sospettavo la seconda.
Voleva che Steven si pentisse per la perdita della sua eccezionale capacità di attrice.

Mentre uscivamo nell'aria fresca della sera improvvisamente la zia
ritrovò la sua forza. Lasciò cadere il mio braccio e si diresse verso la
locanda a passo veloce. Avevamo fatto solo pochi metri quando ci
imbattemmo in Tyler che arrivava dal parcheggio.

"Tu." Zia Amber si diresse verso Tyler e gli puntò un dito sul petto.
"Tu hai lasciato libero un assassino. Tu gli hai dato la libertà, ma io ti
prometto che non se la godrà."

CAPITOLO 17

*E*ro appena entrata in sala da pranzo quando qualcosa piombò giù dall'alto e quasi mi fece cadere.

Gridai.

Mi chinai mentre una folata d'aria mi colpiva dietro al collo. Restai impietrita, quasi aspettandomi degli artigli sulla testa o la schiena. Di certo la locanda era piena di spifferi ma non c'erano pipistrelli, uccelli o creature volanti all'interno dell'edificio. No, poteva essere solo una persona e questo era quello che mi spaventava di più. Restai immobile vicino alla ringhiera delle scale, facendomi forza per quello che sarebbe successo.

"Cendrine West... Smettila di comportarti come una sciocca!" Nonna Vi galleggiava davanti a me, impedendomi di andare avanti. Almeno in teoria, dato che tecnicamente potevo attraversarla.

"Cosa stai facendo qui? Pensavo fossi tornata a casa," sussurrai. La nonna aveva promesso di tornare alla casa sull'albero, ma immagino che fosse disturbata da tutti gli ospiti che alloggiavano alla locanda. Non era mai contenta che ci fosse gente nella sua casa di famiglia e io mi preoccupavo che potesse fare qualcosa di avventato. La sua sola presenza era sufficiente per rendere le cose complicate.

Mi sentii gli occhi puntati addosso. Nonostante l'ora tarda, la ventina di tavoli della sala da pranzo era occupata da persone che cenavano e tutti puntavano gli occhi su di me. Nonna Vi era invisibile a chiunque altro, ovviamente, quindi dovevo sembrare una pazza delirante.

Di nuovo.

"Andiamo da un'altra parte," dissi. "Alla casa sull'albero?"

L'apparizione della nonna si scurì. "Questa è la mia casa, ti ricordi? Ho più diritto io di stare qui di questi invasori. È tutta colpa di Amber. Non sarebbe successo niente di tutto questo se lei non avesse portato qui quel film. Sono davvero arrabbiata con lei."

Girai in tondo per cercare zia Amber, ma non mi aveva seguita in sala da pranzo come pensavo. Tornai indietro, verso la reception. "La troverò."

Nonna Vi galleggiò alle mie spalle, borbottando qualcosa che non riuscii a distinguere. La sua voce si alzò mentre ci spostavamo lungo il corridoio. "Tu dovresti aiutare il povero Tyler. Questa vicenda lo impegna davvero molto. E sembra così triste."

Tyler sembrava davvero triste. Lo superammo mentre stava seduto a un tavolo vicino alla porta. Si stava avvicinando il termine imposto da Brayden e lui non era affatto sul punto di catturare l'assassino.

Nonna Vi era la principale ammiratrice di Tyler ma la sua infatuazione per il mio ragazzo a volte era un po' fastidiosa. E rasentava lo stalking. Lui non sapeva nemmeno che lei esisteva, tuttavia lei sapeva tutto di lui. Avevo questo terribile segreto di famiglia che se avessi rivelato mi avrebbe solo fatto sembrare da brivido. "Lo sto aiutando, nonna, e non voglio discutere. Concentriamoci sulla ricerca dell'assassino di Dirk. Tu hai detto di aver visto tutto. Voglio sapere cosa hai notato dal tuo punto di vista sopraelevato rispetto al set. Raccontami tutto."

Mi superò galleggiando, restando all'altezza degli occhi. "C'era altra gente sul set che non avrebbe dovuto esserci. Non li ha visti nessuno tranne me."

"Chi?" Per un momento dimenticai che stavo cercando zia Amber.

Lei scosse la testa. "Un uomo e una donna. Ma non so chi sono. Erano nascosti in un edificio vuoto dall'altra parte della strada."

Ma certo. Come fantasma, nonna Vi non solo attraversava i muri, poteva anche vederci attraverso. Perché non ci avevo pensato prima?

"Quale edificio? Potresti riconoscere..." Mi fermai a metà della frase perché la porta d'ingresso della locanda si aprì con uno scricchiolio. Brayden Banks entrò qualche secondo dopo nella sala da pranzo. Fece un cenno con voce monotona e fredda. "Cen."

Nessuno avrebbe immaginato che una volta eravamo follemente innamorati e sul punto di sposarci. Per quanto riguardava lui, ora ero il nemico.

La sua bocca era stretta in una linea dura e sottile ed era evidente che fosse arrabbiato per qualcosa. Pensai se precederlo e avvisare Tyler ma era troppo tardi. Aveva già individuato la sua meta.

Così gli andai dietro e feci un cenno a nonna Vi di seguirci.

Brayden entrò a grandi passi e si diresse subito verso Tyler, che era appena stato raggiunto da Steven Scarabelli al suo tavolino. Steven doveva aver lasciato il Witching Post subito dopo zia Amber e me. Tyler era sporto in avanti e parlava a Steven in tono sommesso.

Brayden si fermò a qualche centimetro da Tyler e lo fulminò con lo sguardo. "Sceriffo Gates: è questa la tua idea su come combattere il crimine? Stare seduto a berti un caffè con un sospetto di omicidio?"

Tyler si alzò. "Non è quello che sto facendo. Sto raccogliendo una testimo..."

"Certo, certo," disse Brayden in quel tono piatto che usava quando cercava di controllare la rabbia. "Ti rilassi e bevi un caffè. In questo modo la polizia di Stato saprà esattamente dove trovarti quando ti solleveranno dal servizio e assumeranno l'incarico."

"Non puoi togliermi il caso. Non quando sto per arrivare a un arresto."

"Guardami," disse Brayden. "Avresti dovuto tenere Scarabelli dietro le sbarre. Cosa diavolo sta succedendo qui?"

"Non potevo arrestarlo. Ci sono prove evidenti che avevamo arrestato l'uomo sbagliato." Tyler picchiettò lo schermo del suo portatile. "Ha promesso di non lasciare la locanda."

Brayden alzò le mani e il suo volto arrossì di rabbia. "Come hai potuto rilasciare Scarabelli? Non possiamo lasciare un assassino a piede libero. Cosa penserà la gente?" Con Brayden si limitava tutto alle apparenze.

"Non ho intenzione di andare da nessuna parte, sindaco," disse Steven. "Me ne starò proprio qui."

Brayden lo zittì con un cenno. "Restane fuori."

Steven alzò le spalle. "Sarò di sopra nella mia camera, sceriffo." Si alzò e se ne andò.

Tyler premette alcuni tasti sulla sua tastiera e girò il portatile in modo che Brayden potesse vedere. "Non avevo altra scelta se non rilasciarlo. Guarda cosa ho trovato."

Era il video di sorveglianza delle videocamere esterne della banca. Era in bianco e nero e un po' sgranato, ma Steven Scarabelli si vedeva benissimo. "Era proprio qui quando sono state sparate le pallottole. Si possono sentire gli spari. Si può anche vedere che non ha in mano niente. È dalla parte opposta rispetto alla posizione da cui provenivano le pallottole."

"Non m'interessa." Il volto di Brayden divenne ancora più rosso.

Io interruppi. "Non ti interessa se un uomo innocente è accusato di omicidio? Pensavo che fossi un po' meglio di così, Brayden."

Brayden scosse la testa. "Non mi conosci per niente, Cen. Non l'hai mai fatto."

Nonna Vi mugolò e fece finta di suonare il violino. "Che scena drammatica!"

La fulminai con lo sguardo prima di girarmi verso Brayden.

Le pallottole non erano le uniche cose che volavano per Westwick Corners. "Cerchiamo di trovare l'assassino, che è ancora là fuori," dissi. "Se non ci riusciamo, potremmo finire con un altro omicidio tra le mani."

"Stanne fuori, Cen. È un'indagine di polizia e non sono affari tuoi." Brayden all'improvviso fece un salto all'indietro tenendosi la testa.

Il soffitto sopra la sua testa scricchiolava, e ne caddero pezzi di intonaco. Una polvere di gesso copriva la testa e le spalle dell'abito blu del sindaco. Proprio sopra di lui c'era un buco nel soffitto, che sembrava essersi aperto senza alcun motivo e aveva colpito solo Brayden e nessun altro.

Nonna Vi galleggiava proprio alle spalle di Brayden, ridendo.

Ero arrabbiata e contenta di lei allo stesso tempo, e non potei fare altro che nascondere un sorriso.

"Questo posto è una topaia." Brayden si strofinò il volto con le mani, togliendo la polvere dagli occhi. Che fosse la doccia di gesso o la minaccia di un killer a piede libero, comunque qualcosa ebbe un effetto calmante su di lui. Il continuo peggiorare della situazione sembrava aver colpito nel segno con Brayden. "Ti dò altre ventiquattro ore, sceriffo Gates. Ma dopo quello, chiamerò la polizia di Stato."

"Non sarà necessario. Avremo l'assassino prima di allora." Si accigliò Tyler.

Sperai che avesse ragione. Dovevamo fermare la strage prima che lo facesse il killer.

CAPITOLO 18

*D*opo essere passati da Mamma in cucina, Tyler e io tornammo in sala da pranzo. Zia Amber era riapparsa. Sedeva a un tavolo appena fuori dalla porta della cucina, picchiettando il piede. Sembrava eccitata e irrequieta. Probabilmente perché il sindaco Brayden Banks era ancora lì.

Brayden si era spolverato il gesso caduto e si stava spazzolando anche una porzione doppia della torta di ciliegie della mamma. Sembrava soddisfatto, almeno finché non ci vide dirigersi verso il suo tavolo. Zia Amber si alzò dal suo posto e ci seguì.

Qualunque conversazione avesse luogo tra Brayden e Tyler, sentivo che Tyler aveva bisogno di testimoni. Noi tre stavamo lì in piedi aspettando che Brayden alzasse lo sguardo ma lui semplicemente fissava la sua torta mezza mangiata, completamente assorto.

"Sono stata io," disse zia Amber, abbastanza forte perché tutti in sala da pranzo potessero sentire. "Ho ucciso Dirk Diamond."

Brayden spalancò la bocca, la forchetta gli rimase a mezz'aria. "Cosa stai dicendo? Hai aiutato Scarabelli?"

Zia Amber si stava cacciando rapidamente in un gran casino, troppo grande anche per una strega per riuscire a sistemarlo.

"Non puoi averlo fatto." Fissai mia zia, desiderando che smettesse di parlare. "Ho visto che ti allontanavi prima di sentire gli spari."

"Forse non ho proprio sparato ma comunque ho aiutato." Zia Amber sorrise come se avesse appena proferito la cosa più insignificante del mondo.

Brayden lasciò cadere la forchetta. "Come avresti fatto? Hai procurato la pistola a Scarabelli?"

Zia Amber si limitò a sorridere.

"Hai assunto un assassino?" Il volto di Brayden si accartocciò in confusione.

Io mi avvicinai e sussurrai all'orecchio della zia. "Perché lo stai facendo? Stai solo complicando le cose. In questo modo l'intera indagine viene fuorviata."

"Rilassati." Disse a bassa voce. "Fa tutto parte del piano generale."

"Dimentica il piano generale." Le afferrai il braccio e la tirai lontano. Ne avevo avuto abbastanza dei drammi di zia Amber. La città, per non parlare di Dirk, sarebbe stata meglio se dal principio il film non si fosse mai fatto. "Questa è una cosa seria. Una volta che ti hanno arrestata non potrai tornare a Londra."

"Oh oh. Non ci avevo pensato." Si lisciò i capelli e sorrise alla coppia seduta al tavolo vicino.

Proprio come pensavo, zia Amber stava cercando di mettersi sotto i riflettori senza pensare bene alle conseguenze.

Brayden puntò un dito verso Tyler. "L'hai sentita, sceriffo Gates. Perché non l'arresti?"

Tyler aprì la bocca per rispondere ma ci ripensò. Prese un paio di manette dalla tasca della giacca e ammanettò zia Amber.

"Zia Amber! Dì che non sei seria." La sua tattica diversiva, se era quello, minacciava ancora una volta di distogliere Tyler dall'indagine.

Lei mi ignorò e alzò i polsi. "Sono complice di Steven. Insieme abbiamo ucciso Dirk."

"Mettila in gabbia, Gates." Brayden indicò zia Amber. "Non lasciare che se ne vada anche questa."

Spalancai la bocca scioccata all'evidente ostilità di Brayden. Anche se non c'era più alcun sentimento d'amore tra lui e me, ai tempi in cui uscivamo insieme aveva sempre apprezzato zia Amber. E ora, mentre mangiava la torta di Mamma, non vedeva niente di sbagliato nel rinchiuderla.

"Aspetta! Ho mentito… Non sono stata io. Ma la mia vita è in pericolo mortale." Zia Amber soffocò un singhiozzo mentre perlustrava la sala da pranzo. Aveva un pubblico passivo. Avevano tutti smesso di mangiare, parlare e qualunque altra cosa stessero facendo per fissarla. "Ho bisogno di essere messa in custodia protettiva. Sceriffo Gates, la mia vita è nelle tue mani."

Almeno per qualche minuto, zia Amber era l'attrazione principale.

Se solo avesse saputo che il prezzo da pagare era terribile.

CAPITOLO 19

Alla fine riuscimmo a portare zia Amber lontano dai riflettori e in cucina, dove non poteva peggiorare ulteriormente la situazione. Ma il danno ormai era fatto.

Nonna Vi, in servizio di sorveglianza in sala da pranzo, si era appena precipitata dentro per informarci che Brayden aveva telefonato alla polizia di Stato di Washington. Stava cercando di coinvolgerli nell'indagine senza che Tyler lo avesse chiesto.

Zia Amber giocherellava con le manette. "Queste cose mi stanno uccidendo, Tyler. Perché non le possiamo togliere?"

Lui sospirò. "Le hai chieste tu, ricordi? Non mi hai lasciato altra scelta che quella di agire."

"Tyler sta per essere licenziato a causa tua," aggiunsi. "Non ti senti almeno un po' in colpa?"

"Perché dovrei sentirmi in colpa?" Zia Amber assunse un'espressione offesa. "Stavo solo cercando di aiutare. Sai, dare l'idea che Tyler stesse facendo progressi. Perché all'improvviso sono tutti così irritati?"

Io scossi la testa. "Una confessione di omicidio non si può ritrattare, zia Amber. Nessuno dimenticherà la tua prestazione."

Si riprese all'improvviso. "Davvero? Ho recitato così bene? Sono stata convincente?"

Tyler scosse la testa. "Non è il momento di recitare, Amber. Ti toglierò le manette ma questa volta mi devi promettere che terrai la bocca chiusa. Vai su nella tua camera, non parlare con nessuno e non andartene per nessun motivo."

"Ma se io..."

"Nessuna eccezione." Tyler mi tirò vicino a sé e mi sussurrò nell'orecchio: "non posso risolvere un caso di omicidio e aver a che fare con la tua folle famiglia per tutto il tempo. Puoi fare in modo che se ne stiano in disparte almeno finché non se ne va Brayden?"

"Li terrò occupati." Mi girai verso la zia. "Forza, zia Amber, andiamo di sopra."

Non avevo idea di dove fosse zia Pearl. La sua assenza dalla locanda mi preoccupava perché probabilmente stava creando guai da qualche altra parte. Ma ero già abbastanza impegnata, quindi al momento non ci pensai.

Dopo aver accompagnato zia Amber alla sua stanza e averla sistemata con qualche rivista di pettegolezzi di Hollywood, tornai di sotto per aiutare Mamma con la pulizia della cucina. Era stata una giornata estenuante. Ben presto sarebbe arrivato il mattino e tenere le mie zie in disparte avrebbe significato dover fare anche i lavori di zia Pearl oltre ad aiutare la mamma con tutto il resto. Dovevamo essere ben organizzati per avere tutto sotto controllo e gestire gli ospiti.

Saltò fuori che il tempismo era ottimo. La mamma aveva già un compito per me: portare la cena in camera a Steven Scarabelli. Tra la prigione e i drink al Witching Post, non aveva ancora cenato.

Presi il piatto fumante di carne, verdure e salsa e mi diressi fuori dalla cucina. Ero sollevata dal fatto che lui finalmente avesse deciso di starsene in camera. Probabilmente il cast e lo staff non lo stavano cercando, ma i fan curiosi di Dirk Diamond avrebbero di sicuro desiderato la vendetta. Probabilmente era una fortuna mascherata il fatto che fosse bloccato nella nostra piccola città.

In effetti, nel poco tempo trascorso da quando eravamo tornati alla locanda, erano arrivati cinque forse sei appassionati irriducibili. Non li avevo visti con i miei occhi ma a sentire un membro dello staff, i fan di Dirk erano accampati all'esterno della nostra proprietà, alla base della collina. Altri seguaci si erano radunati intorno a un improvvisato tempio di candele e fiori sul set di Main Street.

I fan non potevano vedere cosa succedeva alla locanda se restavano campeggiati all'esterno, ma di sicuro avrebbero visto tutti quelli che andavano e venivano. Tyler aveva chiuso i cancelli come precauzione, così ogni ospite doveva suonare perché gli fosse aperto. Questo all'interno portava calma, almeno apparente.

Le notizie su Hollywood viaggiavano veloci, molto veloci. Tuttavia, non era ancora stata fatta alcuna dichiarazione ufficiale su Dirk. Westwick Corners era un posto isolato, nascosto nella parte nord-est dello Stato di Washington, a diverse ore di viaggio da Seattle. Ma la gente sapeva già della tragedia che si era svolta qui.

Mi aspettavo che la città sarebbe stata affollata dai fan di Dirk e dalla stampa di Hollywood entro la mattina. Questo mi fece venire un'idea. Per una volta la nostra posizione fuori dai percorsi tradizionali mi dava un vantaggio e avevo intenzione di utilizzarlo per un'intervista esclusiva, se riuscivo a sfangarla.

Portai il vassoio con la cena di Steven Scarabelli al terzo piano dove aveva la stanza, ben cosciente del fatto che, al momento, ero l'unica giornalista che poteva incontrarlo. Volevo approfittarne.

Il mio stomaco brontolò al profumo che saliva dall'arrosto e dalla salsa che stavo portando di sopra. Il piatto era pesante per via della doppia porzione di carne, Yorkshire pudding, carote, due cucchiai di purè e un contenitore separato per la salsa. Mi venne l'acquolina quando mi resi conto che non mangiavo dalla mattina.

Quasi mi scontrai con zia Amber che scendeva le scale con una valigia in mano. "Zia Amber, dove stai andando? Sai che non puoi uscire."

"Non posso restare qui, Cen. Non nello stesso posto di quell'assassino a sangue freddo. E se fossi io il suo prossimo bersaglio?"

"Ma cosa dici." Tenni il vassoio in equilibrio su una mano mentre mi aggrappavo al corrimano.

"Non puoi saperlo. Ha tradito Rose, Dirk e alla fine anche me.

Odio quell'uomo." Appoggiò la valigia sul pavimento di moquette del pianerottolo.

Come al solito, zia Amber in qualche modo aveva fatto tutto da sola. "Ma è Dirk quello che ti voleva far licenziare. Io ero lì. L'ho sentito bene."

"Vorrei che la smettessi di dirlo." Zia Amber prese fiato. "Ti stai sbagliando."

"No, proprio no. Ti ricordi quando mi hai presentato Dirk? Poi sei andata verso il set ma io sono rimasta. Ho visto Steven e Dirk che discutevano fuori dal vecchio edificio della banca. Non stavano parlando della sceneggiatura. Parlavano di te."

Zia Amber portò le mani sui fianchi, indignata. "Certo che parlavano di me. Dirk mi stava difendendo. È un collega molto leale."

Scossi lentamente la testa. "Temo che non sia così. Dirk ha dato a Steven un ultimatum. Se Steven non ti avesse licenziata lui se ne sarebbe andato, senza por tempo in mezzo. Steven ha protestato, ma alla fine ha dovuto cedere alle pretese di Dirk. Non avrebbe potuto fare il film senza Dirk. Dato che aveva tutti i contratti firmati, doveva in ogni caso pagare il cast e lo staff. Dirk l'avrebbe mandato in bancarotta. E tutto il personale avrebbe perso il lavoro. Che altra scelta aveva Steven?"

"Ti sbagli." Gli occhi di zia Amber si riempirono di lacrime. "O forse stai solo dalla parte di Steven. Ha messo tutti contro di me."

"Pensi davvero che ti mentirei, zia Amber?"

"Io... Io non so," tirò su con il naso. "Tutti quelli di cui mi fidavo sono contro di me. Non ne posso più di questo posto. Me ne torno a Londra." Sollevò la valigia e scese le scale.

Sospirai, frustrata. Zia Amber stava ancora vedendo tutta la tragedia solo dal suo punto di vista, non da quello di Steven. "Non puoi andartene. Hai promesso a Tyler, ti ricordi? Hai bisogno del suo permesso per lasciare la città."

Zia Amber era già in fondo alle scale. Si girò con la testa alta e mi fulminò con lo sguardo. "Io non ho bisogno del permesso di nessuno. Faccio quello che voglio, quando voglio."

Sospirai. Non volevo che Brayden avesse un elemento in più

contro Tyler. "Per favore non andartene, zia Amber. Fallo per Tyler. Per me."

"Non posso credere…" Per la prima volta nella sua voce c'era una traccia di incertezza. I suoi occhi scattavano avanti e indietro tra me e la porta.

"Vuoi una prova? Forse ce la posso fare." La mia magia era a malapena in grado di farmi tornare indietro alla scena della discussione tra Steven e Dirk, figurarsi portare anche zia Amber. "Potremmo fare un incantesimo di rewind e potrei farti vedere."

"Noi?" Zia Amber fece il segno delle virgolette con le dita. "Devi padroneggiare la magia da sola, Cen. Noi non saremo sempre pronti ad aiutarti."

"Non volevo dire…"

"Devi solo applicarti."

"D'accordo, va bene." Mantenni la voce calma, cercando di non far notare quanto mi sentissi ferita. In qualche modo, dovevo riuscire a mostrare a zia Amber la verità. "Lo faccio io, vedrai."

Zia Amber alzò gli occhi al cielo. "Non vedo come un incantesimo di rewind potrebbe aiutare. Non ero con te quando hai sentito Dirk e Steven. Come faccio a tornare indietro in qualche posto dove non sono mai stata?"

Un lampo di ispirazione mi colpì e quasi mi stese. "Aspetta… Ho un'idea. Dirk e Steven erano all'esterno della vecchia banca. Forse una delle videocamere che filmava la scena della rapina era in funzione e ha colto la conversazione." Era una speranza effimera ma valeva la pena tentare.

Suscitai l'interesse di zia Amber. "Se è registrato, lo voglio vedere."

"Vieni insieme a me a portare la cena. Poi andremo a vedere le riprese." Tyler non avrebbe acconsentito, quindi dovevo farlo senza che lo sapesse. Mi sentivo male al pensiero ma finché zia Amber non avesse fatto cadere le sue accuse contro Steven, l'indagine era fuorviata senza speranza.

O peggio. Un uomo innocente avrebbe potuto essere accusato di omicidio. "Tu sai che Steven non avrebbe potuto uccidere Dirk. Non era nei paraggi." Raccontai le mie osservazioni sui movimenti di Steven, attenta a non menzionare niente che riguardasse l'indagine.

"E quindi? Forse Steven ha usato degli effetti speciali per nascondere da dove proveniva la pallottola. Non so come, ma sono sicura che lui sia coinvolto. Forse ha assunto un cecchino per fare il lavoro sporco." Mi spinse da parte per salire le scale, schiacciando con il gomito il purè.

Guardai costernata. "Ecco, guarda cosa hai fatto."

"Davvero, Cen? Ti preoccupi di un buco nel tuo purè mentre siamo rinchiusi insieme a un assassino?"

Scossi la testa. "Non posso portare su questo piatto così. Sembra che qualcuno ci abbia cacciato dentro le dita." Steven penserebbe che sono stata io e questo minerebbe seriamente le mie possibilità di un'intervista esclusiva. "Sistemalo, per favore."

Zia Amber alzò gli occhi al cielo. "Dovresti saperlo fare da sola, Cen. È una magia di base, tanto per dire. Tu e la tua generazione date tutto per scontato. Hai davvero bisogno di rispolverare la tua arte prima che sia troppo tardi."

Iniziai a protestare ma non aveva senso discutere. Invece, feci appello all'ego di zia Amber. "Per favore. Tu sei molto più artistica di me."

Funzionò. Mosse la mano e voilà, le patate erano di nuovo disposte in punte vorticose.

"C'è un'altra cosa... Non possiamo trovare l'assassino di Dirk senza il tuo aiuto. Tu sai che non è stato Steven. Qualcuno qui sa qualcosa e tra tutte le star..." Mi fermai per lasciare che l'ultima parola avesse il suo effetto. "Sei l'unica che non sia di Hollywood. Sei in una posizione unica per aiutare."

"Io?" Zia Amber era sia dubbiosa che sospettosa.

Annuii. "Il tuo aiuto è importante perché eri così vicina a Dirk." E a Steven, avrei voluto aggiungere, ma non osai menzionare il suo nome. Non volevo ricordarle la rabbia per essere stata licenziata.

"Ero vicina a Dirk e anche a Rose. Entrambi mi ammiravano." Zia Amber si portò una mano alla bocca mentre le si spezzava la voce. "Ora se ne sono andati tutti e due."

Abbassai lo sguardo verso l'arrosto, che non era più esattamente fumante. Dubitavo seriamente che zia Amber fosse un personaggio chiave nella carriera di attore di successo di Dirk, ma in realtà non aveva più molta importanza. Ma c'era una cosa che dovevo sapere. "Rose è davvero morta per un aneurisma cerebrale?"

"Io... Io non lo so più. Entrambe le loro morti sembrano troppo una coincidenza." Si asciugò una lacrima dalla guancia. "Lei era il ritratto della salute."

"Mi dispiace ricordarti ora la cosa, ma anch'io ho pensato che fosse sospetta." Mi feci un appunto mentale di verificare i dettagli.

"Più che sospetta. Inchioda Steven. Lui li ha uccisi entrambi," disse zia Amber. "Loro si fidavano di lui e ora sono morti."

"Non penso sia stato lui, zia Amber. È economicamente rovinato. È quello che ha più da perdere dalla loro morte. Deve essere stato qualcun altro." Mi guardai intorno nel corridoio, temendo che qualcuno potesse sentirci. Ora che zia Amber si era calmata, mi stava fornendo qualche informazione davvero utile. Volevo che continuasse a parlare. "Dovremmo continuare in privato. Vieni di sopra con me. Consegno questi piatti e poi possiamo parlare."

"Va bene." Salì le scale davanti a me fermandosi al secondo piano per appoggiare la valigia accanto alla ringhiera. "Dove andiamo?"

"Terzo piano." Evitai di proposito di dirle per chi era la cena. Se avesse saputo che era per Steven, non sarebbe venuta.

Il suo umore si era risollevato. Sfortunatamente però significava che la lamentela era stata sostituita dalla rabbia verso Steven. "Steven si è infuriato con Dirk per nessun motivo."

"Posso capirlo. Tutti i suoi soldi erano legati a quella produzione e Dirk praticamente lo stava lasciando." Rallentai il passo mentre ci avvicinavamo alla porta di Steven. Non volevo che potesse sentire.

"C'è dell'altro," disse zia Amber. "Steven era arrabbiato anche con Bill. Dovresti chiedere a Bill."

Era difficile interpretare l'espressione di zia Amber nel corridoio poco illuminato. "Forse lo farò." Bussai delicatamente alla porta di Steven, facendomi coraggio per quello che poteva succedere. Sperai che zia Amber potesse essere almeno educata con Steven, ma forse per loro era meglio tirar fuori tutto e fare la pace.

Non avrei dovuto preoccuparmi per niente del loro scontro. Ci aspettava un problema molto più grande, qualcosa che non mi sarei mai aspettata.

CAPITOLO 20

Quando la toccai, la porta di Steven si aprì da sola, facendomi perdere l'equilibrio. Il vassoio con la cena ondeggiò pericolosamente, ma in qualche modo riuscii a mantenermi dritta e a non farlo cadere.

"Permesso?" La porta era un po' aperta e tutto era stranamente silenzioso. Mi sentii a disagio a entrare, soprattutto sapendo che Steven era all'interno.

Nessuna risposta.

"Sei sicura che sia questa la stanza, Cen?" Chiese zia Amber.

Non risposi, invece infilai il collo nella porta mezza aperta. Le luci erano spente, le tende tirate e la stanza era al buio tranne una striscia di luce che proveniva dalla porta del bagno socchiusa. La luce illuminava qualcosa sul pavimento in mezzo alla stanza. Sembrava una pila di vestiti o delle lenzuola. Spinsi delicatamente ma la porta a non si muoveva. Qualunque cosa ci fosse sul pavimento mi impediva di aprirla.

A mano a mano che i miei occhi lentamente si adattavano all'oscurità, notai un paio di piedi. Erano attaccati all'ammasso sul pavimento.

"Oh, no!" Gridai con orrore indietreggiando.

"Cosa? Cosa succede?" Zia Amber mi spinse in avanti cercando di vedere meglio.

Entrai, accesi la luce e mi allontanai… Il pavimento era coperto di sangue.

E c'era il corpo immobile di Steven Scarabelli.

Zia Amber mi spinse di nuovo e questa volta la porta spostò i piedi di Steven e si aprì del tutto. Il vassoio con la cena mi cadde di mano e rovinò sul pavimento con un gran fragore. Patate e arrosto volarono dappertutto prima che il vassoio atterrasse capovolto sulle gambe allungate del corpo a terra.

Io feci un passo indietro ma andai a sbattere contro zia Amber il cui volto era ora a qualche centimetro dal mio. Gridammo entrambe.

"Oh, no. Non Steven." Mi portai la mano alla bocca.

"Cen… Cosa diavolo…" Zia Amber barcollò all'indietro.

"Non guardare." I miei occhi passarono dai piedi verso l'alto. Il volto di Steven Scarabelli era congelato in un ghigno, un coltello spuntava dal petto. Spalancai la bocca ma non ne uscirono parole. Indicai impotente il corpo.

"Non guardare cosa?" Zia Amber mi superò spingendomi e si fermò di sasso. "Oh, mio Dio! Qualcuno chiami aiuto!"

Ispezionai la stanza. Oltre il cadavere di Steven non sembrava esserci altro fuori posto. A parte la cena rovesciata che, mi resi conto, aveva appena contaminato la scena del crimine. "Zia Amber, aspetta." Indicai i grumi di purè che coprivano le gambe di Steven. "Penso di aver appena compromesso delle prove per il medico legale. È un disastro!"

I suoi occhi si spalancarono mentre si rendeva conto di quello che era successo. "È proprio un bel disastro. Posso fare un incantesimo di ritorno."

Scossi la testa. "Non possiamo fare proprio niente. Non su una scena del crimine." Ero mortificata per il fatto che lei avesse anche solo preso in considerazione una cosa del genere.

"Sì, certo. Immagino di sì." Una lacrima scorse sulla guancia di zia Amber mentre si inginocchiava di fianco a Steven. "Non abbiamo nemmeno avuto l'occasione di fare la pace. Chi potrebbe fare una cosa del genere?"

La feci alzare e allontanare dal cadavere. "Sarà meglio che ci allontaniamo prima di peggiorare le cose." Presi il cellulare e digitai il numero di Tyler.

"Steven, ho trovato la… Porca miseria!" Bill era fermo sulla soglia con un'espressione sciocca sul volto. "Cosa diavolo è successo?"

Zia Amber singhiozzava. "Steven è morto! Cen gli stava portando la cena e…" Le sue parole si trasformarono in un pianto incoerente mentre io accompagnavo lei e Bill fuori nel corridoio.

Tyler attraversò l'atrio correndo verso di noi. Indicò Bill. "Tu eri insieme a lui?"

Bill scosse la testa. "Ero appena salito alla sua stanza per un drink. L'ho salutato e poi sono andato da me a prendere qualcosa da bere." Alzò una bottiglia di whisky dall'aspetto costoso. "L'ho lasciato pochi minuti fa."

Era passata meno di mezz'ora da quando Steven era tornato in camera.

"C'era qualcun altro all'interno o all'esterno della stanza?" Tyler assunse un'espressione corrucciata mentre perlustrava la stanza in cerca di prove o di qualunque cosa di strano. Il letto, la scrivania e il bagno sembravano intatti. L'unico segno che la stanza era occupata era una valigia aperta di fianco alla cassettiera.

"Non penso," disse Bill. "Quando sono arrivato, prima, ha detto di essere appena rientrato da una passeggiata in giardino. Ha fatto una deviazione dopo il bar. Stava pensando al film e a come sostituire Dirk."

Un pacco di fogli era poggiato sulla scrivania. Avvicinandomi, capii che era la sceneggiatura del film. Le pagine battute a macchina erano coperte di inchiostro rosso. Commenti mirati e punti esclamativi erano scarabocchiati su tutte le pagine. Mi chinai per osservarlo più attentamente e vidi che molti commenti erano firmati con l'iniziale D, che immaginai stesse per Dirk.

"È una copia rimaneggiata di *Rapina di mezzogiorno*," dissi, anche se nessuno faceva caso a me.

Tyler e Bill erano vicino alla porta del bagno mentre zia Amber stava alla porta d'ingresso.

"Giuro che qui non c'era nessuno quando me ne sono andato. E sono stato via solo per un minuto. La mia stanza è qui accanto, non riesco a capire perché non ho sentito niente." Bill scosse la testa. "Questa città è pericolosa. Cosa diavolo sta succedendo?"

Sentii odore di alcol nel fiato di Bill, anche se mi trovavo a quasi un metro di distanza. O stava mentendo o l'alcol aveva distorto la sua percezione del tempo. Qualcuno di sicuro era entrato nella stanza.

"La finestra è aperta," indicai. Le tende chiuse si muovevano delicatamente per la brezza serale. "Magari l'assassino è scappato dalla scala antincendio."

Tyler si avvicinò e aprì le tende. Si sporse dalla finestra per avere una visuale migliore dell'area sottostante.

Lo seguii e guardai fuori anch'io. La scala antincendio terminava al secondo piano. Da lì era un salto di quasi tre metri fino al prato di sotto. Era una via di fuga possibile. Non si poteva vedere dal punto in cui eravamo noi, al terzo piano, ma il killer forse aveva lasciato qualche traccia nell'erba o altre prove. A meno che il sospetto non fosse scappato lungo il corridoio, il che implicava che l'assassino era ancora dentro la locanda. Ebbi un brivido involontario.

Abbassai la voce in modo che Bill e zia Amber non potessero sentire. "Immagino che ora Brayden non possa prendersela con te."

Lui sospirò. "Non posso certo accusare un uomo morto, no? Spero di non essere l'unico ad aver tolto Steven dalla lista dei sospetti."

Zia Amber si girò verso Bill. "Steven si stava comportando in modo insolito ultimamente, come quando ha gridato contro di te per la pistola scomparsa."

"Lascia perdere." Bill mosse la mano con indifferenza. Sembrava ansioso di andarsene.

"Aspetta… Cos'è questa storia della pistola mancante?" Tyler si allontanò dalla finestra per mettersi di fronte a Bill.

"Ho raccontato tutto a Steven riguardo la pistola mancante non appena me ne sono accorto," disse Bill. "Mi ha detto di non preoccuparmi perché aveva cose più importanti cui pensare."

"Perché non l'hai detto prima?" Tyler si accigliò. "È un dettaglio importante."

"È il mio capo… Almeno lo era." Gli occhi di Bill si riempirono di lacrime. "Volevo proteggerlo. Pensavo che avrebbe potuto avere problemi per la pistola scomparsa. Sai, poteva sembrare che avesse ucciso Dirk. Ora non è più importante, perché Steven non farà più del male a Dirk o a nessun altro."

"Deciderò io cosa è importante e cosa no," disse Tyler.

"È decisamente importante il fatto che la pistola sia stata utilizzata per un omicidio." Zia Amber si portò la mano alla bocca mentre si girava verso di me. "Quand'è che Westwick Corners è diventata un posto così pericoloso? Non riconosco più questa città."

"Avresti dovuto dirmelo, Bill." Tyler si accigliò. "Cos'altro stai nascondendo?"

"Niente, lo giuro. Senti, tutto quello che so è che gli ho raccontato della pistola ma lui ha detto che aveva cose più grandi di cui preoccuparsi. Di cosa si trattasse, non lo so." Bill alzò le mani con i palmi all'esterno in segno di resa. "Non volevo che la pistola cadesse nelle mani sbagliate, ma quando ho suggerito di riferirlo alla polizia, Steven ha detto di non preoccuparmi. Ho cercato di ragionare con lui, ma lui è il capo."

L'unica persona della cui innocenza ero convinta era Steven e ora aveva un coltello nel petto. L'uomo a cui tutti volevano bene sembrava avere almeno un nemico.

Forse zia Amber non esagerava quando diceva di temere per la propria sicurezza. Finché non avevamo chiaro il movente dell'assassino, tutti quelli coinvolti nel film erano in pericolo.

Ebbi un brivido mentre guardavo zia Amber nascondere i singhiozzi nella manica.

Chi sarebbe stato il prossimo?

CAPITOLO 21

Tyler chiamò di nuovo il medico legale e l'unità criminale di Shady Creek alla locanda. Zia Amber e io restavamo di guardia fuori dalla stanza di Steven mentre Tyler circondava la scena. La gente di Shady Creek arrivò a tempo di record e in un'ora Tyler aveva passato la mano al medico legale e ai tecnici della scientifica. Quindi ce ne andammo di sotto.

Tyler ci aveva fatto giurare, Bill compreso, di non dire niente. Non voleva che sfuggisse alcun dettaglio finché il corpo di Steven non fosse stato rimosso e la scena del crimine esaminata. Io capivo il perché. Sarebbero impazziti tutti e corsi subito di sopra. E sarebbe stato difficile da gestire perché Tyler era essenzialmente l'unico membro della polizia. Con due omicidi era evidente che le cose stavano assumendo proporzioni maggiori.

Mi sentii sprofondare quando arrivammo in sala da pranzo. Brayden era ancora al suo tavolo e notò immediatamente zia Amber libera che attraversava la sala per dirigersi in cucina. Aveva essenzialmente sprecato la sua possibilità di restare agli arresti alla locanda e Tyler non avrebbe avuto altra scelta che portarla alla stazione di polizia.

Ma nell'immediato doveva delle spiegazioni a Brayden prima che

134

notasse il furgone della scientifica di Shady Creek nel parcheggio. Saltò fuori che Brayden non solo l'aveva notato ma aveva anche parlato con il medico legale quando era entrato. Le cose per Tyler non si mettevano affatto bene e io mi aspettavo che da un momento all'altro arrivasse la polizia di Stato.

Brayden indicò la porta della cucina dietro la quale si nascondeva zia Amber. "Falla uscire di lì."

Mi chiesi se Brayden potesse pensare che zia Amber fosse responsabile anche dell'assassinio di Steven. Sembrava assurdo, ma pensando alla confessione fatta prima da zia Amber che sosteneva di essere complice di Steven, forse Brayden poteva pensare davvero che Amber fosse una duplice omicida.

Tyler piegò la testa in direzione della cucina. "La porterò alla centrale, ma prima devo dirti una cosa."

"Possiamo parlare più tardi." Brayden sembrava terribilmente calmo, considerato tutto.

Un po' troppo calmo, in effetti. Ora ero sicura che la polizia di Stato stava arrivando. Non potevo fare niente, nemmeno qualche obiezione, senza causare a Tyler ulteriori problemi. Così recupererai zia Amber dalla cucina e incontrai Tyler all'esterno. Zia Amber e io ci infilammo nel sedile posteriore e Tyler guidò lungo la collina, superando il cancello d'ingresso dove si era raccolta una decina di fan di Dirk.

Lei aprì il finestrino dalla sua parte e cacciò fuori la testa. "Aiuto! Sono stata incastrata."

Mi allungai verso di lei ma fui riportata al mio posto dalla cintura di sicurezza. "Basta, zia Amber. Ti stai comportando come un bambino capriccioso."

Gli occhi di Tyler incrociarono i miei nello specchietto retrovisore. Non disse nulla.

"Recitando. Ecco cosa sto facendo." Zia Amber mise il broncio. "È la mia unica possibilità per un po' di spettacolo."

"Beh, falla finita. È davvero inappropriato in questo momento. Sei peggio di zia Pearl." I miei nervi erano al limite e non ero sicura di quanto a lungo avrei ancora potuto reggere. Mi sentivo male soprattutto per Mamma, che si occupava di tutto da sola alla locanda mentre le sue sorelle creavano scompiglio. Zia Pearl probabilmente a questo punto stava bruciando il bar.

Guidammo per il resto della strada fino al municipio in silenzio. Quando arrivammo, trovammo tutti i parcheggi occupati dai camion del cinema.

Tyler imprecò in silenzio e trovò posto a un isolato di distanza. Io aiutai zia Amber a scendere dall'auto e appoggiai la mia giacca sulle manette per nasconderle, ma lei la lasciò cadere e agitò le mani ammanettate in aria.

"Sono innocente!" gridò zia Amber mentre barcollava lungo Main Street verso il municipio. "Questa è una finta giustizia."

Fortunatamente Main Street era deserta come al solito. Tutta la gente del cinema era alla locanda o da qualche altra parte.

Questo però non mi rendeva meno infastidita dalla sceneggiata di zia Amber. Camminavamo tutti e tre lungo la strada, stanchi e abbattuti. Tyler stava da un lato di zia Amber e io dall'altro. Ci dirigemmo verso l'ufficio di Tyler all'interno del municipio.

Mentre ci avvicinavamo ci fu un lampo. All'inizio, pensai che il piccolo gruppo di uomini e donne fosse parte dello staff del film, ma non mi erano familiari. Nell'avvicinarci ricordai che alcuni dei fan di Dirk si erano raggruppati in centro. Ma non si trattava solo dei suoi fan.

C'erano anche dei giornalisti. Ormai la notizia era uscita, almeno su Dirk. Mi chiesi quanto ci sarebbe voluto perché scoprissero di Steven.

Si avvicinarono alcuni furgoncini e all'improvviso c'erano così tante auto e furgoni a noleggio nei dintorni che sembrava una piccola ora di punta. Considerato il livello frenetico di attività, temetti che fosse già arrivata anche la notizia della morte di Steven. Questo significava Bill o zia Amber. Nessun altro sapeva ancora niente.

"Sei stata tu…"

Zia Amber mi zittì con un gesto della mano. "Sto esercitando il mio diritto del quinto emendamento, quindi non fare domande."

"Ma questo è importante, zia Amber. Perché stai creando tante difficoltà?"

Lei semplicemente mi ignorò. Qualunque fosse la ragione, la stampa ormai era al completo su Main Street. Rimasi scioccata al vedere anche un furgone della CNN parcheggiato dall'altra parte della strada.

Non avevamo attirato l'attenzione in modo particolare finché zia Amber non notò le videocamere.

Si fermò di colpo, quasi facendomi cadere. "Ehi, quella donna è della CNN. Siamo sulla tv nazionale." Fece un sorriso impostato verso le videocamere.

La tirai per il braccio. "Andiamo dentro. Non sono interessati né al film né a te, zia Amber. Sono qui per l'omicidio di Dirk." Non potevano ancora sapere di Steven.

Zia Amber si girò verso le videocamere e si lamentò ad alta voce: "aiutatemi!"

Io strinsi i denti e tenni più stretto il suo braccio, quasi temendo che potesse scappare. "Vieni, andiamo dentro."

A quel punto una decina circa di giornalisti ci fu intorno, le braccia tese con registratori e microfoni. "Lo hai ucciso tu?"

"Diavolo, no!" Zia Amber strattonò il braccio per liberarlo dal mio. "Non ho ucciso Steven Scarabelli per vendetta per l'omicidio di Dirk."

"Cosa? Aspetta!" Una bionda sui trenta vestita da presentatrice tivù si avvicinò a pochi centimetri e attaccò il suo registratore al volto di zia Amber. "Anche Steven Scarabelli è morto?"

Zia Amber si girò verso di me, in uno stato quasi di trance. "Posso farmi intervistare?"

"Assolutamente no!" La bocca di Tyler era stretta in una linea decisa, "l'unica intervista che puoi concedere è a me. L'indagine per l'omicidio è una cosa seria, Amber. Nessuno parla con i media tranne me in questo momento. Capito?"

"Capito." Zia Amber sembrò mortificata. "Certo che voi due siete una bella coppia. Così impettiti e rovinate sempre tutto con le vostre regole precise. Non mi stupisce che abbiate bisogno di una pozione d'amore!"

Gli occhi di Tyler incrociarono i miei con un'espressione confusa sul volto.

"Te l'ha detto la nonna? Perché... Lascia perdere." Iniziai a protestare ma mi fermai subito. Tutti gli occhi erano puntati su di noi e qualunque cosa avessimo detto o fatto era destinata ad apparire nei notiziari. Sembrava che io e Tyler continuassimo a fare notizia, almeno all'interno della mia famiglia.

Sembrava trascorsa un'eternità ma alla fine eravamo riusciti a raggiungere il municipio ed entrare. Tyler chiuse a chiave la porta alle nostre spalle.

"Mi chiedo se sarò in prima pagina," gongolò zia Amber, le guance rosse per l'eccitazione. Era esaltata dall'attenzione dei media, anche se rinforzava il sospetto che lei fosse un'assassina.

"Smettila, zia Amber," sibilai. "Dirk Diamond e Steven Scarabelli sono notizie da prima pagina, non tu. Nessuno sa nemmeno chi sei. Non importa a nessuno."

Cacciò in fuori il labbro inferiore. "Non so da chi hai ereditato la tua cattiveria, Cendrine West. Di certo non da me."

"Stai fuorviando l'indagine, zia Amber. Non è il momento di recitare o fare sceneggiate. Se ti interessa davvero, perché non fai qualcosa di costruttivo e collabori?"

"D'accordo, va bene," disse. "Non è stato Bill l'ultima persona a vedere Steven vivo. Sono stata io."

CAPITOLO 22

*C*i volle quasi un'ora perché zia Amber raccontasse i suoi ultimi momenti con Steven Scarabelli. Sosteneva di essere l'ultima persona ad avere visto Steven vivo. La sua affermazione contraddiceva quella di Bill, di aver lasciato Steven solo per un momento per andare alla porta accanto. La verità ha una sola versione, quindi uno dei due stava mentendo.

A dire il vero, entrambi erano stati colti sul fatto a mentire diverse volte, quindi nessuno dei due poteva essere considerato un testimone attendibile. Questo mi preoccupava. Il fatto che zia Amber nascondesse delle informazioni poteva incriminarla, come minimo.

Dopo aver lasciato il Witching Post, era andata in cucina per aiutare la mamma a pulire e poi aveva fatto una passeggiata all'aperto. Sosteneva di essersi imbattuta in Steven nel giardino che circondava la locanda. Secondo zia Amber, avevano raggiunto una sorta di tregua per quanto riguardava il licenziamento.

"Poi sono tornata in sala da pranzo. Lì mi avete vista." Il suo sorriso era decisamente fuori luogo.

Ritornai con la memoria a quando l'avevo vista seduta appena fuori dalla cucina, il volto arrossato come un corridore che avesse appena superato la linea del traguardo.

Sapevo che stava mentendo. Aveva fatto molto di più che una semplice passeggiata in giardino. Non solo ma io dubitavo che riguardasse una trattativa riguardo il suo ruolo nel film. Quello era andato in fumo con la morte di Dirk. Senza Dirk non c'era nessun film.

Tyler alzò lo sguardo dal suo taccuino. "Quindi... Dopo la passeggiata, Steven è salito in camera e tu sei andata in sala da pranzo."

"Ehm... Sì, è quello che è successo." Arrossì e abbassò lo sguardo. "Sono entrata dalla porta della cucina."

"Qualche testimone?" Se fosse passata dalla cucina, Mamma l'avrebbe vista. Stava mentendo e io lo sapevo.

Zia Amber non rispose.

Tyler si accigliò. "Io penso che tu fossi nella stanza di Steven, che tu lo ammetta o no. Mentire ti mette solo in un guaio più grande. Potrebbe anche portarti in prigione."

Lei alzò le spalle e guardandosi intorno. "Sono già in prigione."

"Sai cosa intendo, Amber. Davvero." Tyler si passò le dita tra i capelli e sospirò. "Sinceramente, per me sarebbe più semplice passarti alla polizia di Stato. Potrebbe anche togliermi Brayden dal collo allo stesso tempo."

"No, non puoi farlo!" Speravo che fosse un bluff, ma non potevo davvero biasimarlo se ne aveva avuto abbastanza.

Zia Amber cominciò a borbottare. Mi avvicinai per capire cosa dicesse e all'improvviso mi sentii assonnata.

"Uno, due, tre, fai che non sia..."

Con uno sforzo alzai la testa. "Zia Amber, basta! Non puoi usare la stregoneria per coprire un crimine. Tu lo sai meglio di tutti gli altri." La zia Amber che conoscevo era una persona responsabile e rispettata, che occupava una posizione importante nella Witches International Community Craft Association, mica uno scherzo. La zia Amber che conoscevo seguiva le regole. Non impedìa le indagini. Ero scioccata dal suo comportamento; era come se la zia per me fosse diventata un'estranea.

"Volevo solo riportare le cose al punto in cui erano prima che io mi compromettessi." Si asciugò una lacrima dall'occhio. "Ci sono dentro fino al collo."

Mi cascò la mandibola. "Vuoi dire che hai manomesso le prove? Sono sciocca che tu abbia fatto una cosa del genere." La sorpresa di zia Amber sembrava sincera. Immaginai che le sue capacità di attrice fossero molto migliori di quello che io credevo.

"Perché no? Sapevo di non aver ucciso Steven, e non volevo che Tyler perdesse tempo indagando su di me."

"Sei stata nella camera di Steven dopo che è morto? Perché?" Tyler si sporse dalla sedia.

"Non abbiamo davvero risolto durante la passeggiata in giardino, perché io comunque pensavo che Steven stesse mentendo. Più tardi, mi sono resa conto che era vero: Dirk aveva chiesto a Steven di licenziarmi. Sono andata di sopra per chiedere scusa. Ma era troppo tardi." Singhiozzò tra le mani. "Ma di sicuro io non l'ho ucciso."

"Eri già stata nella stanza prima che andassimo su a portare la cena a Steven?" Mi tornò in mente il suo comportamento da isterica. Era davvero una brava attrice. "Perché non hai detto niente?"

"Non so. Forse ero troppo spaventata. Tra quello e le modifiche al film, pensavo che avreste pensato..."

Io saltai su dalla sedia. "Quali modifiche al film? Di cosa stai parlando?"

"Beh, Pearl e io abbiamo pensato che sarebbe stato un gesto carino se fossimo andate avanti e avessimo finito il film. Sai, senza Dirk e tutto quanto... Comunque, Pearl ha aggiunto degli effetti speciali e abbiamo un po' modificato la pellicola. Tagliato le scene venute male eccetera. Quello che ci restava da fare era aggiungere le mie piccole scene."

"Aspetta... Quali scene venute male?" Per quello che sapevo, zia Pearl non aveva alcuna esperienza nel montaggio cinematografico.

"Beh, come quando l'attore si incasina con le battute e cose simili. Pensavamo che se l'avessimo un po' ripulito sarebbe stato meglio per tutti. Pearl e io abbiamo fatto solo un po' di post-produzione con la stregoneria in modo che agli altri restasse meno lavoro."

"E il film sarebbe stato completato più rapidamente," dissi.

"A-ha. Avevamo quasi finito quando Tyler ha preso la pellicola."

Scosse la testa. "Un sacco di tagli. Era davvero un macello finché non abbiamo sistemato tutto."

"Vuoi dire che il film che abbiamo rivisto per tutto questo tempo non è l'originale? Avete tenuto una copia dell'originale?"

Alzò le spalle. "L'ultima volta che l'ho visto lo aveva Pearl. Cosa ne ha fatto, non lo so."

Dovevo recuperare la pellicola senza tagli prima che andasse persa per sempre.

Se non era già troppo tardi.

CAPITOLO 23

Cercai zia Pearl dovunque ma non riuscii a trovarla. Non era in centro, né alla locanda e nemmeno alla Scuola di Fascinazione di Pearl.

Attraversai il cortile verso il Witching Post mentre Tyler discuteva alcuni dettagli con Bill in sala da pranzo. Le voci degli ubriachi mi arrivavano alle orecchie mentre mi stavo avvicinando. A giudicare dal rumore, ora sembrava ancora più affollato. La gente del posto doveva aver raggiunto lo staff e il cast.

Aprii la porta e perlustrai il bar, annotando mentalmente chi era presente. Una cosa mi diede subito da pensare. Erano quasi tutti ubriachi, si vedeva dal fatto che barcollavano, dalle voci strascicate e dai bicchieri versati. C'era da chiedersi quanto avrebbe potuto essere attendibile un eventuale alibi di Bill.

Aspettare fino al giorno seguente sembrava troppo, ma quale altra scelta avevamo?

Notai Kim Antonelli, l'ex agente di Dirk, al bar. Stava seduta in silenzio, centellinando un bicchiere di vino rosso troppo pieno.

Fui sollevata nel vedere zia Pearl che serviva al bar. Almeno era occupata, anche se le sue porzioni erano un po' eccessive. Mi vide e sorrise. Il suo insolito buonumore mi colpì ma almeno non si era nuovamente trasformata in Carolyn Conroe. Avevamo già abbastanza problemi.

Mi diressi verso il bar proprio mentre Rick Mazure, lo sceneggiatore, si avvicinava timidamente a Kim. Avvolse un braccio intorno a lei prima di darle un'amichevole pacca da ubriaco sulla schiena. Si sedette sullo sgabello accanto al suo.

"Immagino che tu sia senza lavoro." La parlata di Rick era trascinata. Era evidente che doveva aver bevuto parecchio nelle ultime ore.

Raggiunsi zia Pearl dietro al bancone. "Zia Amber mi ha raccontato delle vostre avventure di editing cinematografico. Ho bisogno della pellicola originale. Dov'è?"

"Non so di cosa parli." Il suo sorriso svanì mentre si dava da fare a strofinare una macchia invisibile.

"Zia Amber è in prigione e sarà accusata di omicidio. Solo quella pellicola può salvarla. Ce l'hai o no?" La parte sul film era un po' esagerata ma avrebbe potuto avverarsi in poche ore.

"Quanto vale per te?" Strinse gli occhi mentre studiava la mia reazione.

"Non c'è tempo per contrattare, zia Pearl. Ce l'hai o no?"

"No." Riprese a strofinare la macchia invisibile. "Anche se lo avessi, non ho intenzione di incriminarmi."

"Vuoi davvero vedere zia Amber processata per omicidio? Tyler non potrà più fare niente una volta che il caso sarà passato alla polizia di Stato. Saranno qui da un momento all'altro." Anche zia Pearl aveva un cuore. Nonostante la sua rivalità con zia Amber, non avrebbe mai permesso che fosse accusata falsamente.

I suoi occhi incrociarono i miei al sentir nominare la polizia di Stato. Infilò la mano in tasca e ne estrasse una memory stick. La premette nel palmo della mia mano. "Mi devi un favore."

"Certo," dissi. "Ehi, perché non fai una pausa? Ti sostituisco io per un po'."

Con mia sorpresa, accettò. Una zia Pearl occupata era sempre meglio di una che non aveva niente da fare, ma volevo tenerla lontana dal cast e dallo staff nel caso le venisse qualche altra pessima idea. Non volevo che creasse ulteriori problemi a Tyler e all'indagine.

Mi infilai la memory stick in tasca, pensando che avrei dovuto rintracciare Tyler e correre di nuovo alla stazione di polizia. Ma avevo sentito qualche interessante accenno di conversazione tra Rick e Kim e avevo bisogno di saperne di più.

Questo era l'altro motivo per cui volevo sostituire zia Pearl: mi dava una scusa per restare nei dintorni. Non volevo perdere l'occasione di origliare. Come agente di Dirk, Kim avrebbe potuto avere qualche informazione privata su chi poteva desiderare la sua morte. Tyler l'aveva già interrogata ma forse il vino e l'atmosfera del bar potevano scioglierle un po' la lingua.

In quel momento stava parlando solo il suo compagno.

"... Diventerò ricco, Kim. Stai con me o no?"

Mi tenni occupata mettendo in ordine le bottiglie dietro al bancone. Davo loro le spalle ma le orecchie erano tese.

Kim non rispose. Morivo dalla curiosità di girarmi per cogliere la sua espressione ma non osavo attirare l'attenzione su di me. Avevo la sensazione che Kim disapprovasse la proposta di Rick o che non avesse la minima idea di quello che lui stava dicendo. Ingoiò un sorso di vino e sospirò.

Rick ordinò altri drink e io li servii, portando un whisky per lui e un altro bicchiere di vino per Kim. Restai il più a lungo che potei di fronte a loro, pulendo la macchia immaginarie di zia Pearl sul bancone.

Rick svuotò il suo bicchiere in un colpo e lo picchiò sul bancone. "Dirk mi mancherà ma non mi mancheranno i suoi capricci. Ci trattava tutti come spazzatura. Soprattutto te, Kimmie." Appoggiò la sua mano su quella di Kim.

Kim sfilò lentamente la mano dalla presa di Rick e la posò lontano da lui. "Dirk non era la persona migliore del mondo ma comunque mi manca. Non so nemmeno cosa farò senza di lui. Era il mio unico cliente, quindi ora sono disoccupata."

"Puoi venire a lavorare con me." La mano di Rick si avvicinò di nuovo a quella di Kim. "Creerò la mia società."

Kim scosse la testa. "Sono un agente, Rick. Non scrivo sceneggiature, rappresento gli attori. Avrei voluto mantenere più clienti ma

Dirk era talmente esigente. Insisteva che io lavorassi solo per lui. Pagava bene ma guarda dove sono finita. Ora sono disoccupata, così, da un momento all'altro." Fece schioccare le dita.

"Non importa, Kim. Posso farti diventare ricca. Devi solo dirlo e io ti coinvolgerò."

"In cosa, esattamente?"

Si picchiettò la tasca della giacca. "Ho già scritto il prossimo vincitore dell'Oscar. Tutto quello di cui ho bisogno è che tu mi trovi le star per realizzarlo."

CAPITOLO 24

el giro di un'ora, Tyler e io avevamo visto la pellicola di zia Pearl diverse volte. Zia Amber aveva un po' travisato il contenuto. La pellicola che mi aveva dato non era proprio la versione senza tagli e senza edit. Era piuttosto una versione arricchita con contenuti ulteriori.

Il contenuto in più non era per niente quello che di solito viene allegato ai film. Invece di errori divertenti, scene tagliate e finali alternativi avevamo qualcosa di completamente diverso.

"Cosa diavolo stavi pensando, zia Amber?" Le mie due zie erano completamente impazzite per il film, avevano aggiunto esplosioni e altri effetti pirotecnici ogni cinque minuti, oltre ad aver inserito un nuovo ruolo per zia Amber. Ora lei era la star invece di Dirk. L'unica *Rapina di mezzogiorno* corrispondeva alle libertà che le mie due zie si erano prese con il film.

"Non ti sento. Non dimenticarti che mi hai chiusa qua in galera." La sua voce echeggiava sui muri.

"Non riesco a credere che abbiano fatto una cosa del genere." Tyler prese le sue chiavi dalla tasca e si diresse alla stanza accanto. Tornò dopo meno di un minuto insieme a zia Amber.

Tecnicamente avrebbe dovuto restare chiusa nella cella ma, considerate le modifiche sostanziali al film, avevamo davvero bisogno di averla con noi nella stanza degli interrogatori per spiegarci ogni scena. Chiaramente, non ci si può aspettare di rinchiudere una strega e sperare che le cose vadano via lisce.

"Non avete fatto una copia prima di tutti questi cambiamenti?" Il volto di Tyler arrossì, era chiaramente frustrato dalla mancanza di controllo sulle versioni.

Zia Amber scosse lentamente la testa. "Pearl ha detto di lasciar perdere perché non avevamo tempo. Volevamo solo salvare il film dopo la morte di Dirk."

"Perché?" La guardai senza sapere cosa pensare.

"Volevamo finire il film in modo che tutti potessero essere pagati," disse. "Pensavamo che mancasse solo qualche scena così le abbiamo fatte noi. L'intreccio è un po' diverso ma, secondo me, è anche meglio dell'originale."

"Oh. Mio. Dio." Mi appoggiai all'indietro sulla sedia e guardai il soffitto. Ero furiosa con le mie zie ma anche un po' commossa. Stavano solo cercando di aiutare. No... Stavano aiutando sé stesse.

"Non pensi anche tu?" Ci sorrise dolcemente. "Ora è pronto per essere proiettato, così potremo guadagnare un po' di soldi al botteghino."

"L'avete fatto senza chiedere a nessuno?" Dubitavo che le mie zie volessero semplicemente aiutare. Entrambe desideravano avere un riconoscimento e pensavano che rifacendo il film avrebbero avuto un mezzo perfetto per autopromuoversi.

"Io non parlavo con Steven, ti ricordi? Ora lui è morto e quindi in ogni caso non ci può dare indicazioni. Nessuno qui sembra prendere l'iniziativa, così ci siamo incaricate noi di salvare il film. Cosa che abbiamo fatto. Come abbiamo fatto non è molto importante."

"Invece è importantissimo," dissi. "La versione originale della pellicola avrebbe potuto aiutarci a trovare l'assassino di Dirk." Non aggiunsi che era anche l'assassino di Steven, perché ero sicura che le due morti dovevano essere collegate. La personalità di zia Amber che tendeva a farsi carico delle cose qualche volta era un problema. "Ora che avete modificato il film, è molto più difficile utilizzarlo come prova."

"Volevo solo aiutare." Un'espressione di incertezza le attraversò il volto. "Abbiamo solo aggiunto le nostre capacità particolari: la mia recitazione e gli effetti speciali di Pearl. Non volevamo che Bill o qualcun altro si mettesse di mezzo, così non abbiamo detto niente. Doveva essere una sorpresa."

"Una sorpresa la è di certo." Le scene extra sarebbero state comiche se l'intera situazione non fosse stata drammatica. Zia Amber faceva alcune entrate ad effetto e scene di lacrime che erano assolutamente fuori luogo in un film d'azione e nella pellicola che avevamo esaminato fino a quel momento c'erano almeno cinque o sei incendi ed esplosioni. Ed eravamo solo a metà del film.

Tyler mise in pausa sul fermo immagine della scena della sparatoria. "Lì. Guarda a sinistra. Si vede parte di una mano che non appartiene a nessuno degli attori."

Strizzai gli occhi vicino allo schermo. L'immagine era così sfocata che era difficile capire se la mano apparteneva a un uomo o a una donna. "Non c'è una pistola, ma di chiunque sia quella mano è nella posizione esatta da cui era arrivato lo sparo. Mi piacerebbe che si vedesse di più."

Mi girai verso zia Amber. "Sei sicura che non hai una versione originale non manipolata?"

Lei scosse lentamente la testa. "Mi dispiace. Temo che ci siamo un po' fatte prendere. Posso comunque usare il film come registrazione per le audizioni, giusto?"

"Ne dubito. Penso che il film finito a metà appartenga all'eredità di Steven. Non è come le tue fotografie." Questo mi fece venire un'idea. Il fotografo di zia Amber era di fronte al set e guardava proprio il luogo dove c'era la mano misteriosa. "Ehi... Hai qualche fotografia di oggi?"

Scosse la testa. "Il fotografo non me le darà prima di un paio di giorni."

"Abbiamo bisogno di quelle fotografie, zia Amber. Puoi chiamare il fotografo e dirgli di mandarle a noi?"

"Non riesco a trovarlo da nessuna parte. Ho cercato di chiamarlo ma non risponde," disse. "È come se fosse sparito dalla faccia della terra."

Mi girai verso Tyler. "Dobbiamo rintracciare il fotografo di zia Amber, subito. Chi ha sparato doveva essere alle spalle di zia Amber quando stava facendo il servizio fotografico. Forse lui o lei è sullo sfondo."

Tyler annuì. "Con tutte quelle videocamere, è difficile credere che non abbiamo neanche un pezzo di pellicola con l'assassino di Dirk. E ora, con l'omicidio di Steven, le cose stanno andando fuori controllo."

Era vero. Mi aspettavo in ogni momento di vedere Brayden marciare attraverso la porta per licenziare Tyler. Mi girai verso zia Amber. "Ok, vedrò se riesco a trovarti un avvocato. Avrai bisogno di uno bravo per un'accusa di doppio omicidio."

"Cosa? No. Volete il mio fotografo?" Chiese zia Amber. "Posso trovarlo in un attimo."

Mi avvicinai a lei. "Ma poco fa hai detto che non avevi idea di dove fosse."

"Improvvisamente mi è venuto in mente. Voglio fare qualunque cosa per ottenere, voglio dire, aiutare a risolvere il caso." Lanciò un'occhiata di fuoco a Tyler mentre estraeva un biglietto da visita dalla tasca e glielo passava.

"Cercherò di chiamarlo." Tyler prese il biglietto e puntò un dito verso zia Amber. "Non lasciarla andare da nessuna parte, Cen, torno tra un minuto."

Lo guardammo uscire e chiudere la porta alle sue spalle.

"Non mi può trattenere contro la mia volontà, vero?" Protestò zia Amber. "Sto collaborando, Cen. Forse sarebbe meglio che tu chiamassi quell'avvocato."

"A dire il vero non sei ancora in cella nel caso non l'avessi notato. E sei stata tu a tirarti addosso tutto questo. Non avresti mai dovuto confessare davanti a Brayden, sai che lui vuole che qualcuno venga arrestato in fretta, qualunque cosa per far finire questa storia."

"Stavo solo cercando di alleggerire l'atmosfera. Guarda dove sono finita." Zia Amber sbatté le ciglia e asciugò una lacrima immaginaria dalla guancia. "È stata una confessione falsa, sono stata costretta con la forza."

"Non puoi dire una cosa del genere, zia Amber. Fa sembrare Tyler cattivo. Probabilmente sta per perdere il lavoro e tu non aiuti affatto a rendere le cose più facili. L'unico modo per accomodare la situazione è risolvere il caso. Dov'è questo fotografo?"

Zia Amber non rispose e si girò dall'altra parte. Io mi avvicinai, cercando di vedere cosa stava facendo. Mi dava la schiena mentre agitava le spalle e muoveva le braccia avanti e indietro. Parlava a voce bassa con tono misurato.

Trova le foto e chi le ha scattate,
portale qui, sicure e più sicure,
fai in fretta e porta l'autore,
foto pronte da consegnare
da passato, presente, futuro.

Riconobbi immediatamente l'incantesimo boomerang, anche se non lo avevo mai provato. Era un incantesimo intermedio, molto al di sopra delle mie capacità. Poteva anche portare conseguenze gravi se non era fatto in maniera accurata. Gli incantesimi intermedi funzionavano sulle persone e anche sulle cose, quindi gli errori potevano essere gravi. Si trattava di magia delicata ma potente, perché poteva cambiare sia il presente che il futuro.

Non avevo idea del perché zia Amber volesse far comparire il fotografo insieme alle fotografie ma forse si fa così quando non si sa esattamente dove si trova un oggetto. Se avessi fatto attenzione durante le mie lezioni, probabilmente l'avrei saputo.

Aspettammo.

Aspettammo ancora.

Non successe niente.

"È passato tanto tempo che ho perso il mio tocco." Singhiozzò zia Amber coprendosi con le mani. "Ho perso tutto quel tempo con le lezioni di recitazione e ne ha fatto le spese la mia magia. Ho dato per scontata la mia capacità, tutto per una carriera nel cinema che è finita nel cesso. Oh, Cen, cosa ho combinato?"

Le appoggiai il braccio intorno alle spalle. "Non preoccuparti, zia

Amber. Forse è solo una brutta giornata." Ma io ero molto preoccupata. Zia Amber non aveva mai avuto problemi con gli incantesimi.

Le sue spalle si sollevavano mentre piangeva senza controllo. "Sono sconvolta. Non funziona niente."

"Lascia che provi io." Pensai che qualunque cosa fosse andata storta poteva essere sistemata da zia Amber. Ripetei l'incantesimo, senza aspettarmi un risultato.

In pochi secondi dal pavimento salì una nebbiolina che ci avvolse in una nuvola grigio verde. Dopo qualche secondo sparì e io incrociai lo sguardo di un uomo alto, longilineo, con gli occhi verdi e capelli biondi. Era il fotografo di zia Amber di quel pomeriggio.

Mi trovai il cuore in gola. Perché il mio incantesimo aveva funzionato e quello di zia Amber no? E oltretutto, se non sapevo che cosa avevo fatto di differente, come sarei stata in grado di fare in modo che l'uomo tornasse indietro? E se non fossi stata in grado di far tornare tutto alla normalità?

"Cosa diavolo è successo?" Il fotografo perlustrò la stanza intorno a lui. "Come sono arrivato qui?"

"Rilassati," disse zia Amber. "Dobbiamo solo farti qualche domanda. E avere le foto che mi hai scattato."

"Ma... Ma sono ancora nella macchina fotografica. Non ne ho ancora fatto niente." Fulminò con lo sguardo zia Amber. "Mi hai drogato il caffè, vero?"

Zia Amber scosse la testa. "No, ma non preoccuparti. È tutto a posto. Più tardi ti spiego. Ora dobbiamo vedere quelle fotografie."

Lui abbassò lo sguardo sulla macchina fotografica, sorpreso di vedere la tracolla che pendeva dal suo collo. "Aspetta un attimo. Ho lasciato la macchina fotografica sulla scrivania. Com'è arrivata qui? Sono stato rapito? Cosa vuoi?"

"Le fotografie, stupido. Passami la memory card e nessuno si farà male." Zia Amber sporse la mano e picchiettò impaziente il piede.

Il fotografo giocherellò con la macchina fotografica ed estrasse la memory card, che passò a zia Amber. "Continuo a non capire cosa sta succedendo."

"Shhh." Si premette un dito sulle labbra. "Dammi un minuto, ok?"

"Zia Amber! Non puoi..."

La porta si aprì all'improvviso e Tyler marciò all'interno, il volto rosso di rabbia. "Da dove è arrivato? Non potete usare la ma..." Tyler sapeva che eravamo streghe ma non aveva idea di quanto avremmo potuto aiutarlo.

O di quanto bisogno avesse di noi in quel momento.

CAPITOLO 25

$\mathcal{T}$yler si strofinò il palmo delle mani sulla fronte. "La situazione continua a peggiorare. Non si possono aggiustare le cose con la stregoneria. Così nascondete la verità. Non capisco più cosa sia reale e cosa no."

Gli diedi una pacca sulla mano. "Ti prometto che mi assicurerò che le cose non ci sfuggano di mano." In realtà mi preoccupavo che fossero già sfuggite. Non avevo controllo su nessuno della mia famiglia, soprattutto quando si trattava di stregoneria, ma Tyler non aveva bisogno di saperlo.

"Penso che queste siano le foto che stavi cercando." Zia Amber passò a Tyler la memory card. "Meglio che controlliamo prima che io faccia andare questo tizio."

Il fotografo osservò l'uniforme di Tyler. "Sei un vero poliziotto? Dove mi trovo?"

"Ma certo che è vero," scattò zia Amber. "Sei a Westwick Corners, sciocco. Mi hai scattato le foto, ti ricordi?"

"Ma mi ricordo di essere partito oggi pomeriggio…" Assunse un'espressione preoccupata. "Questo non fa parte del film, vero?"

Nessuno rispose.

"Cosa diavolo mi sta succedendo?" Il fotografo cominciò a sudare freddo. "Ho bisogno di un avvocato?"

"No. Puoi andartene quando vuoi." Tyler gli fece cenno che poteva andare.

Il fotografo si diresse verso la porta ma i suoi piedi rimasero fermi. Si piegò per togliersi le scarpe ma quelle non si muovevano. "C'è qualcosa che non va. Perché non mi posso muovere?"

"Fai quello che dice, Amber. Rimandalo indietro." Tyler la fulminò con lo sguardo.

"E se lì non ci fossero tutte le foto? Dovremmo chiamarlo di nuovo."

"Fai come dice Tyler, zia Amber." All'improvviso mi ricordai che ero stata io a lanciare l'incantesimo. Zia Amber probabilmente non avrebbe potuto rimandarlo indietro nemmeno se avesse voluto. "Oh oh. Immagino di doverlo fare io."

Provai e riprovai ma non successe niente.

Anche zia Amber fece un tentativo poco convinta.

Niente.

"Quando posso andare?" L'impazienza del fotografo si era trasformata in paura. Strofinava la fede nuziale mentre il sudore gli brillava sulla fronte. Sembrava che stesse per avere un attacco di panico. Dovevamo riuscire a portarlo fuori di lì e rapidamente.

"Rilassati." Zia Amber mosse la mano e borbottò qualcosa sottovoce.

I piedi del fotografo all'improvviso furono liberi. Lui perse l'equilibrio e cadde a terra. Si guardò intorno nervosamente prima di rimettersi in piedi.

"Ti riporteremo a casa in un attimo," zia Amber si girò verso Tyler per avere la sua approvazione. "Dovrò accompagnarlo in auto a Shady Creek."

"Dobbiamo lasciarla andare," dissi. "Non c'è altro modo di riportarlo indietro senza coinvolgere altra gente." Se qualcun altro l'avesse visto, l'evento avrebbe potuto alterare anche il loro presente e futuro.

Tentare nuovi incantesimi per risolvere la situazione era oltre le mie capacità e almeno per il momento anche di zia Amber. Grazie a

Dio il fotografo arrivava solo da Shady Creek e non da qualche posto più lontano.

"Va bene. Fai veloce e non farti vedere da nessuno." Tyler aveva già caricato le fotografie della memory card sul suo portatile. Le osservava attentamente una ad una, strizzando gli occhi verso lo schermo. Dato che erano foto di zia Amber il fuoco era sul suo volto e non sullo sfondo ma il set alle sue spalle si vedeva chiaramente.

I nostri sforzi per avere le foto davano già dei frutti. Picchiettai sullo schermo. "Guarda la finestra dall'altra parte della strada. Si vede qualcuno. Riesci ad allargare?"

Tyler e io guardammo zia Amber e il fotografo andarsene prima di collegare il grande monitor e proiettare l'immagine sullo schermo a parete.

L'immagine era sgranata ma c'era sicuramente qualcuno che guardava da una delle finestre sul lato opposto della strada. Chiunque fosse era nella posizione ideale per sparare a Dirk Diamond. Da quella distanza era impossibile capire se fosse un uomo o una donna.

Una cosa era certa, comunque. Quella persona misteriosa non faceva parte della sceneggiatura. Il negozio era vuoto, chiuso da più di un anno, le finestre erano state sbarrate con assi prima dell'inizio delle riprese. Le tavole erano state rimosse solo per il film. Non avrebbe dovuto esserci nessuno dentro quell'edificio. Non veniva utilizzato, non era occupato ed era chiuso a chiave.

Ci volle un po' di tempo per capire cosa stava succedendo sulla scena nel momento esatto in cui era stata scattata ogni fotografia ma lentamente riuscimmo a mettere insieme una sequenza temporale dalle attività sul set che facevano da sfondo alle foto di zia Amber. Tyler cliccò su ogni foto in ordine finché raggiungemmo il momento appena prima dello sparo a Dirk.

Ma in quel momento, non c'era nessuno che stava sbirciando dall'edificio dall'altra parte della strada. La figura misteriosa sembrava svanita nell'aria.

Stavo cominciando a dubitare che avremmo trovato qualcosa. Non c'erano vetri rotti né porte aperte o finestre. Forse la figura era solo un'apparizione o una creazione della nostra immaginazione.

Poi lo vidi. Saltai su dalla sedia e toccai il grande schermo. "È un uomo e adesso è sul tetto." Questo spiegava perché non si vedeva nel girato, dato che il tetto era fuori dall'inquadratura.

Tyler saltò dalla sua sedia. "Conosci il detto, un'immagine vale mille parole? Beh, questa potrebbe valere milioni."

C'era solo un problema. L'uomo non aveva una pistola in mano. Era dolorosamente ovvio che non avevamo tutte le fotografie. Speravo contro ogni pronostico che il fotografo avesse un'altra memory card.

Dovevamo risolvere il puzzle prima che il destino di Tyler fosse segnato.

CAPITOLO 26

*E*rano passate ben più di tre ore. Era mezzanotte e zia Amber non era ancora tornata. Ero preoccupata, dato che la zia guidava come un pilota della NASCAR e Shady Creek era a solo un'ora di strada. Anche se era stata costretta ad accompagnare indietro fisicamente in auto il fotografo, avrebbe benissimo potuto usare la magia per il viaggio di ritorno.

Ma non era ancora rientrata.

"Forse riesce a prendere la seconda memory card al fotografo senza che noi lo dobbiamo riportare qui." Ero abbastanza sicura che il mio incantesimo non avrebbe funzionato una seconda volta. "Cercherò di raggiungerla."

Il cellulare di zia Amber andò direttamente in segreteria. Espressi la volontà che mi chiamasse lei, ma le mie capacità telepatiche erano patetiche. Mi sentivo piuttosto giù di corda e considerai la possibilità di chiamare zia Pearl o la mamma per farmi aiutare.

Tyler picchiettò l'orologio. "Tra poco sarà mattina. Non penso che Brayden sia disposto ad aspettare ancora, soprattutto con tutta la gente qui fuori. Vorrei che avessimo più risposte." Camminava avanti e indietro.

Presi fiato. "Proverò quell'incantesimo un'altra volta. Forse non ho chiesto tutto la prima volta."

"Vale la pena tentare," disse Tyler. "Ma cosa dico? Probabilmente sono così disperato da essere d'accordo con te."

"Ok. Ci provo." La situazione faceva sì che volessi provare ancora più intensamente. Feci un respiro profondo e ripetei l'incantesimo boomerang. Le mie capacità erano un po' "o la va o la spacca" per cui non mi aspettavo che l'incantesimo funzionasse una seconda volta. Ma eravamo al punto che avevamo tutto da perdere se non succedeva qualcosa rapidamente.

Questa volta visualizzai una pila di fotografie e un mucchietto di memory card mentre ripetevo l'incantesimo. Se c'era un'occasione in cui sarebbe stato accettabile l'utilizzo di magia con abbandono incontrollato, era proprio questa. Non vedevo come le cose avrebbero potuto essere peggiori. Non stavo esattamente imbrogliando perché alla fine le fotografie migliorate sarebbero state prodotte comunque. Stavo solo accelerando il processo.

Saltai al sentire un rumore alle mie spalle. Era un rumore a metà tra lo scoppiettio del pop corn e quello del fuoco, salvo che diventava più forte e più veloce fino a esplodere in un crescendo di rumore.

Un soffio di fumo grigio verde ci avvolse. Tyler era a malapena visibile dall'altra parte del tavolo.

"Wow." Tyler tossì quando il fumo si dissolse. "È stato spettacolare."

"E anche efficace." Mi guardai le mani che contenevano un'altra memory card e circa una decina di fotografie. Non ero sicura se fosse o no una fortuna, ma questa volta non c'erano nessun fotografo terrorizzato né zia Amber.

La foto in cima al mucchio mostrava la zia seduta con il set sullo sfondo ed era simile a quelle che avevamo visto sull'altra memory card. La foto successiva sembrava essere stata scattata a pochi secondi dalla prima. Sembravano tutte in sequenza. Il periodo in cui erano state scattate queste foto era parallelo a quello delle altre, queste probabilmente erano state scartate a causa di errori di esposizione, composizione o altro. Forse per questo erano rimaste separate dal primo gruppo. Tutte le foto del secondo gruppo avevano qualcosa che non andava.

Ma una delle foto aveva qualcosa che andava benissimo perché era chiaramente visibile una persona sul tetto.

Era un uomo, il volto nascosto da un cappuccio e una sciarpa su bocca e naso. Per quanto cercassimo di ingrandire l'immagine, non riuscimmo a identificarlo.

Tyler si chinò sul tavolo, strizzando gli occhi per osservare la foto. "Vorrei dire che lo riconosco, ma non è così."

Mentre ero alle sue spalle, mi saltò all'occhio qualcosa. "Guarda la sua mano. Ho già visto quell'anello." Era un anello a sigillo nero. Non riuscivo a distinguere l'immagine ma mi era molto familiare. Solo che non riuscivo a capire dove l'avevo già visto.

Se solo mi fosse venuto in mente.

Tyler annuì. "Che rabbia che non riusciamo a cogliere altri dettagli, perché quella persona non aveva assolutamente alcun motivo per essere lì. I movimenti di tutti gli attori sono stati ricostruiti."

Strizzai gli occhi fissandoli sulla mano nell'angolo della fotografia, ma rimaneva un mistero.

"Troveremo chi lo porta, a meno che non se lo sia tolto," disse. "Forse tu puoi verificare tutti quelli che stanno alla locanda, per iniziare."

Questa era una grande cosa di Westwick Corners. C'erano pochi posti dove mangiare o bere. Prima o poi finivano tutti alla sala da pranzo della locanda o al bancone del Witching Post.

Controllai l'orologio. Erano le tre di mattina ma, considerati gli eventi della giornata, forse qualche nottambulo era ancora in giro. "Vado subito là."

"Un'altra cosa." Tyler fece scivolare una cartella attraverso il tavolo. "Ho altre cattive notizie. Steven Scarabelli aveva una polizza da un milione di dollari su Dirk Diamond, come ha detto Bill. Ne aveva una anche sulla moglie di Dirk, Rose Lamont."

"Non è una cosa così strana, no? Dopo tutto Rose e Dirk erano le sue star principali. Se succede qualcosa a loro la polizza evita il disastro finanziario. Lo fanno un sacco di aziende. In quel modo, nel peggiore dei casi, Steven poteva usare il ricavato per pagare gli stipendi."

"Non succederà molto presto," disse Tyler. "I soldi comunque vanno prima agli eredi di Steven. Immagino che gli attori dovranno fare causa per essere pagati. C'è qualcosa che penso dovresti sapere, Cen."

"Cosa?" Non avrei mai pensato che Tyler potesse tenermi nascosto qualcosa.

"Abbiamo tre morti, se contiamo l'aneurisma di Rose Lamont."

Trattenni il fiato. "Pensi che la morte di Rose potrebbe essere dovuta a qualcosa che non sia l'aneurisma cerebrale?"

"Non so, Cen. Ma la tempistica è interessante. Due coniugi muoiono a distanza di una settimana uno dall'altro e non hanno figli. Rose, soprattutto, aveva compiuto da poco trent'anni. Statisticamente è davvero insolito."

"È vero," dissi. "Rose e Dirk erano superstar. Mi chiedo chi erediti la loro fortuna."

"Me lo sono chiesto anch'io." Tyler diede un colpetto alla cartella di carta. "Ho controllato e non indovineresti mai."

"Chi?"

"Amber West. Sembra che dopo tutto fosse una buona amica di Dirk."

Sentii che stavo per svenire. "Com'è possibile? Dirk e la moglie hanno lasciato la loro fortuna a lei e comunque Dirk voleva che fosse licenziata?"

Tyler alzò le spalle. "Forse è una buona amica ma una cattiva attrice?"

"Non ha mai parlato di alcuna eredità." Forse non aveva esagerato l'amicizia, dopo tutto. Ma fino al film, non aveva mai nominato Dirk Diamond. E invece sembrava fossero così amici che lei era stata nominata come beneficiaria dell'assicurazione sulla vita. Era come se avesse una vita segreta della quale non era a conoscenza nessuno della famiglia. "Forse lei non lo sapeva."

"O spiegherebbe come mai ci mette tanto a tornare. Forse ha

deciso di non tornare per niente." Tyler si alzò e iniziò a camminare avanti e indietro. "Sa che deve rispondere a diverse domande."

"No, non è possibile. Come puoi dire una cosa simile?" Mi accigliai. "Non lascerebbe mai la sua famiglia. Tra l'altro dovrebbe comunque ritirare i soldi, no?"

"Sì, ma potrebbe farlo tramite avvocati e simili," disse Tyler. "Non la sto accusando, solo evidenziando quello che è ovvio. Se fosse vero, tutti penserebbero che aveva qualcosa da guadagnare dalla morte di Dirk. Qual è esattamente la loro relazione? Da quanto tempo conosceva Dirk?"

Alzai le mani, sconfitta. "Non ne ho idea. Ho scoperto solo oggi che li conosceva tutti. Non ne ha mai parlato prima, ma sembra che siano amici da una vita. Ho sempre saputo che la zia ama essere al centro dell'attenzione ma non avevo idea che avesse fatto qualcosa legato alla recitazione. O che avesse dato a Dirk una 'spinta fortunata'. Feci in aria il segno delle virgolette.

Immaginai di non conoscere per niente mia zia.

"Forse Amber non è così fortunata," disse Tyler. "Deve ancora vivere abbastanza per raccogliere i soldi."

CAPITOLO 27

*A*lla fine, dopo aver aspettato ancora un po' il ritorno di zia Amber, lasciai Tyler nella stanza degli interrogatori. Dopo ore trascorse senza che fosse rientrata cominciai a preoccuparmi seriamente. Se davvero era l'erede della fortuna di Diamond ora la sua testa poteva valere parecchio.

Uscii nell'ingresso scuro e mi scontrai immediatamente con una forza invisibile. Il petto di un uomo, per essere precisi. Il cuore cominciò a battermi mentre delle braccia mi afferravano.

"Lasciami andare!" Gridai cercando di divincolarmi ma era inutile. Non riuscivo a liberarmi.

"Rilassati! Perché ti comporti come una pazza? Stavo solo cercando di non farti cadere." Allentò la presa e fece un passo indietro. Sentii l'alito che sapeva di alcol.

Riconobbi la voce, e la parlata strascicata da ubriaco, di Rick Mazure. "Come sei entrato qui?" Forse zia Amber nella sua partenza affrettata aveva lasciato la porta aperta.

"Ho convinto la guardia a lasciarmi entrare. Ho bisogno urgentemente di parlare allo sceriffo Gates. È qui? Devo dirgli una cosa."

Feci un sospiro di sollievo, sentendomi una stupida. "Ti è venuto in mente qualcos'altro da quando gli hai parlato prima? Qualcosa di nuovo?"

"Non proprio." Rick abbassò lo sguardo, a disagio. "Non so bene cosa fare riguardo a questa faccenda. Steven Scarabelli mi piace ma..."

La porta si aprì. Tyler era sulla soglia. "Cosa hai detto di Scarabelli?"

Rick si accigliò. "È confidenziale. Non potremmo andare dentro l'ufficio?"

"A dire il vero me ne stavo andando," Tyler girò la chiave nella porta e la chiuse. "Puoi venire insieme a me."

"M-ma io non penso..." Rick mi lanciò un'occhiata imbarazzata.

"Qualunque cosa devi dire puoi farlo davanti a Cendrine. Mi sta aiutando con le indagini."

Rick sembrò spaventato mentre mi osservava. "È una cosa normale? Voglio dire, non sei un poliziotto o un detective."

"Mi serve tutto l'aiuto," disse Tyler. "L'ho autorizzata io."

Non aveva fatto niente del genere, ma sapevo che Tyler mi voleva come testimone di quello che Rick avrebbe detto. Non solo quello ma anche per il fatto che se Tyler avesse aspettato fino alla mattina Rick avrebbe potuto cambiare idea.

Rick perlustrò l'atrio per assicurarsi che non ci fosse nessuno. "Non è un segreto che Dirk ha bidonato Scarabelli. Le continue pretese di Dirk facevano innervosire tutti. Scarabelli con lui era molto paziente ma suppongo che alla fine abbia raggiunto il punto in cui non ne poteva davvero più."

"Steven si confidava con te?" Mi sentii torcere lo stomaco. Altre prove che puntavano verso Steven Scarabelli. Al momento Brayden sapeva che Tyler aveva rilasciato Steven Scarabelli. Il cadavere di Steven alla locanda ne era la prova. Aver rilasciato un assassino poteva essere stato il suo ultimo sbaglio. Anche se Steven era morto, Brayden avrebbe accusato Tyler di essere un incompetente o peggio. Ebbi un fremito di disgusto.

"Non è che Steven sia venuto a dirlo chiaramente. Voglio dire, non letteralmente." Rick si morse il labbro. "Ma ieri ha detto che ne aveva abbastanza e si sarebbe accertato che Dirk non potesse fare altri film per tutta la vita."

"Ci sono molti modi di interpretare questa affermazione che non siano una minaccia di morte," disse Tyler. "Magari Steven non voleva che facesse più film con lui. Sembra comunque che nessun altro a Hollywood volesse lavorare con lui."

Rick rise. "La gente sopporta qualunque cosa se ci sono abbastanza soldi. Anche Dirk Diamond non sembra così male quando si possono fare milioni."

"Stai dicendo che Steven Scarabelli ha ucciso Dirk Diamond?" Steven proprio non mi convinceva come assassino. Praticamente tutti i membri del cast e dello staff avevano fatto notare quanto Steven fosse gentile e onesto e che avrebbe fatto qualunque cosa per aiutare un'altra persona. Aveva anche aiutato Dirk, nonostante lo sgarbo ricevuto in cambio.

Rick alzò le spalle. "Non si può dargli torto. Dirk se l'è cercata."

Tyler si accigliò. "Hai delle prove per i tuoi sospetti?"

"Ho sentito Steven e Amber che discutevano. Amber sosteneva che avrebbe ereditato la fortuna di Dirk e rifiutava di dare qualcosa a Steven. Io rimasi piuttosto scioccato nello scoprire che Amber era una beneficiaria del testamento di Dirk. Dopo averci pensato, ho deciso che era abbastanza importante da parlarne," disse Rick. "Mi dispiace solo di non averlo fatto prima."

Ritornai con la mente alla loro discussione di prima. Il racconto di Rick si adattava al commento di Tyler. La conversazione trattava di altro oltre al licenziamento di zia Amber?

"Cosa hai sentito esattamente?" Tyler scrisse alcuni appunti sul suo taccuino.

Rick lanciò un'occhiata furtiva intorno all'atrio deserto. "Non potremmo..."

Tyler scosse la testa. "Prima me lo dici, meglio è."

Rick sospirò. "Ok, senti, Steven era stato messo all'angolo ed era disperato. Aveva dei problemi con gli investitori che supportavano il film. Se Dirk se ne andava Steven doveva comunque pagare il cast e lo staff e per lui sarebbe stata la rovina. Gli investitori avrebbero perso dei soldi e non ne sarebbero stati felici. Steven doveva trovare dei soldi e velocemente."

All'improvviso mi ricordai dell'anello. Guardai le mani di Rick ma le sue dita di entrambe le mani erano nude.

"Ho esitato prima di venire perché Steven è mio amico," disse Rick. "Ma poi Steven ha detto che avrebbe ucciso Dirk. All'inizio non l'ho preso sul serio ma poi ha cominciato a fare ogni sorta di domande sulle armi nella sceneggiatura e cose del genere. Sul momento mi è sembrato strano ma solo ora ho messo insieme tutti i pezzi."

"Tu pensi che Steven abbia portato la pistola carica?" Gli occhi di Tyler si strinsero.

"Alla luce di quello che è successo, sembrerebbe proprio così. So che Steven era disperato ma pensavo si trattasse solo di chiacchiere. Che non voleva più fare film con Dirk eccetera. Finché, beh... Non avrei mai pensato che potesse davvero uccidere qualcuno. Penso che Dirk lo abbia proprio portato al limite."

Mi venne in mente che Steven non poteva confermare né negare le affermazioni di Rick ora che era morto. Ma i pezzi sembravano combaciare.

A parte la figura in ombra sul tetto, che di sicuro era più bassa e più snella di Steven Scarabelli.

"Stai facendo una pura supposizione," disse Tyler. "Ma approfondiremo."

"Non è una supposizione, sceriffo Gates." Rick diede un calcio a un sassolino sul pavimento di marmo. "Steven ha semplicemente portato a termine la sua minaccia."

"Perché non hai detto niente prima?" Chiese Tyler.

"Non so... Forse un po' ho pensato che Dirk se lo meritasse. Voglio dire, era davvero un uomo gretto e se qualcuno se l'era cercata, era proprio lui. Aveva fatto un gran casino con Steven. Ma nessuno merita di morire."

"No, è vero," dissi delicatamente. "Per quanto uno tratti male l'altra gente." Nessuno merita nemmeno di fare da capro espiatorio, soprattutto quando, in modo così conveniente, è morto.

La vita era ingiusta a volte. E forse pure la morte.

CAPITOLO 28

*L*e strade solitamente affollate all'esterno del municipio ora erano scure e deserte, un forte contrasto rispetto al pomeriggio. Tyler era tornato al suo ufficio per convalidare le informazioni di Rick. Io camminavo da sola, i tacchi che facevano rumore sul marciapiede mentre pensavo alle affermazioni di Rick. Avevo dimenticato di chiedergli se ci fosse qualcun altro abbastanza vicino da sentire la discussione tra Steven e Amber.

Mi sembrò di metterci un secolo per arrivare all'auto anche se era a solo due isolati di distanza. Avevo parcheggiato nella via di fianco, in modo che per Brayden non fosse evidente che ero alla stazione di polizia insieme a Tyler. Non pensavo che sarebbe tornato in ufficio così tardi ma non ne potevo essere sicura. L'unica cosa che volevo era evitare di irritarlo ulteriormente. Avrebbe solo peggiorato le cose per Tyler.

Accelerai il passo quando vidi la mia vecchia, affidabile Honda arrugginita che aspettava sotto l'unico lampione acceso della via, con un aspetto triste e solitario.

Buttai la borsetta sul sedile del passeggero, saltai al posto di guida e accesi il motore. Uscii dal parcheggio e partii a tutto gas, sapendo che non sarei stata fermata per una multa. Filai veloce attraverso la città e fui sollevata nel vedere che, per la notte, i fan di Dirk avevano abbandonato la loro postazione. Girai nel vialetto e mi diressi in cima alla collina verso la locanda.

Probabilmente era troppo tardi ma volevo controllare le mani di tutti finché erano ancora in sala da pranzo o al Witching Post. Alcuni potevano già aver lasciato la città, pensando che il film non sarebbe andato avanti. Altri forse erano già in camera a dormire. Ma qualcuno sarei dovuta riuscire a trovarlo.

Parcheggiai l'auto e attraversai il vialetto diretta al Witching Post. La musica e le voci che si sentivano dall'esterno mi fecero capire che il locale era ancora pieno.

Notai per prima Arianne. Sedeva al bar con Rick Mazure, che mi aveva battuta di pochi minuti. Accelerai il passo dirigendomi verso di loro. Mi fermai di colpo. Qualcosa mi disse di tornare sui miei passi.

Feci un cenno a Rick e Arianne e mi appoggiai su un sedile vuoto a qualche metro di distanza alla sinistra di Rick. Sorrisi a zia Pearl che faceva la barista. Lei rispose al mio saluto e poi si girò di spalle. Un decimo di secondo più tardi, senza dire una parola, aveva appoggiato un sottobicchiere sul bancone davanti a me, seguito da un bicchiere di vino rosso. Era stranamente silenziosa mentre si allontanava verso il lato opposto del bancone per servire la birra a una coppia del posto.

Nonostante la musica country ad alto volume, riuscii a capire che Rick Mazure era ancora ubriaco come una scimmia. Al municipio sembrava essere un po' più sobrio ma in solo quindici minuti era di nuovo al livello di prima. Forse era comprensibile, considerato che all'improvviso aveva perso il lavoro. O forse zia Pearl stava mettendo in atto di nuovo uno dei suoi vecchi trucchi. Tesi le orecchie per sentire la conversazione.

"Cosa stavo dicendo?" Le parole di Rick erano strascicate mentre alzava il bicchiere e prosciugava il resto del whisky.

"Mi stavi dicendo come mi avresti fatta diventare una stella." Arianne Duval agitava il bastoncino di plastica da cocktail. Suonava un po' sarcastica, come se non credesse a qualunque cosa Rick volesse farle credere.

"Una stella? Sarai un'intera costellazione." Appoggiò la mano sopra a quella di Arianne. "Ho una grande idea per una serie ma al momento è un segreto."

Mi chiesi se fosse la stessa sceneggiatura che Rick aveva proposto a Dirk, prima.

Arianne Duval sollevò la mano facendo finta di mescolare il suo drink. "Di cosa si tratta?"

Osservai le sue mani. Anche se portava anelli su entrambe, erano molto più delicati di quello nella fotografia. E oltretutto erano anelli d'oro, non d'argento.

Rick si allungò verso di lei. "Una ragazza che non se la passa bene, scoperta in una farmacia. Sei perfetta per il ruolo."

"Lasciami indovinare. Ambientazione Hollywood e Vine?" Arianne non aspettò la risposta. "Mi prendi in giro, vero? È già stato fatto."

"Tutto è già stato fatto, Arianne. È una formula e io so come elaborarla. Questo è il motivo per cui Dirk ha avuto successo. La mia scrittura l'ha fatto splendere. Renderò famosa anche te."

"Sono già famosa. Puoi fare meglio di così."

"Resta con me e ti garantisco che metterai i piedi nel cemento e i fan si fermeranno sulle tue impronte sulla Walk of Fame di Hollywood."

Arianne alzò gli occhi al cielo. "Io penso che tu ti stimi un po' troppo."

"Senti, so come scrivere un film di cassetta. Anzi, l'ho già scritto." Rick picchiettò sul bicchiere per farlo riempire di nuovo. "Non è che hai tanto altro da fare. Ci stai o no?"

Arianne restò in silenzio per un attimo poi bevve il suo drink. "Forse."

"Se fossi in te non aspetterei troppo. Mentre stiamo parlando Kim mi sta trovando qualche altro talento," disse.

"Ok, va bene. Darò un'occhiata alla sceneggiatura." Arianne butto giù il resto del drink. "Cosa ho da perdere?"

"Sei dentro." Rick stese la mano. "Diamoci una stretta di mano."

Arianne gli strinse la mano e Rick estrasse un fascio di fogli dalla giacca e li posò davanti a lei. "Questa sceneggiatura è solo per te. Prometti che non ne farai parola a nessuno."

Arianne annuii.

"Bene," disse. "Avrai un contratto stilato domani mattina. Potrei anche fare soldi a palate con le mie sceneggiature. Si dovranno ricredere per non avermi preso più seriamente."

Avevo il sospetto che alcuni si fossero già ricreduti.

CAPITOLO 29

Zia Pearl attirò la mia attenzione con un cenno, facendomi capire di raggiungerla al lato opposto del bancone. Mi alzai e mi diressi verso di lei con il bicchiere di vino. Mi sedetti su uno sgabello vicino a Kim Antonelli. Mi fulminò con lo sguardo e io lasciai cadere l'occhio sulle sue mani, una delle quali reggeva un drink.

Nessun anello.

Kim sbatté il suo bicchiere di margarita sul bancone, versando liquido verde dappertutto. "Non è corretto. Dirk Diamond era il mio unico cliente. Aveva monopolizzato tutto il mio tempo facendomi lasciare il resto degli affari. Ora che se n'è andato, all'improvviso non ho più guadagni. Sono praticamente disoccupata."

Il suo sfogo sembrava più che altro per fare un po' di spettacolo. C'erano le parole e le azioni ma sembrava che non ci fosse emozione.

"Forse avresti dovuto diversificare." Zia Pearl appoggiò sul bancone davanti a me un sottobicchiere, seguito da un bicchiere ghiacciato di acqua fredda. "Avere un solo cliente è la ricetta per il disastro."

"Forse dovresti farti gli affari tuoi," scattò lei. Almeno la sua rabbia verso zia Pearl sembrava sincera.

Aggrottai le sopracciglia guardando zia Pearl poi mi girai verso Kim. "Secondo te chi ha ucciso Dirk?"

Kim alzò le mani in aria. "Chi lo sa? Tutti, e dico davvero tutti, lo odiavano. Anche sua moglie Rose. Voleva divorziare ma lui le aveva promesso che l'avrebbe fatta pentire. Solo che lei è morta, perché lui l'ha uccisa."

Trattenni il respiro. "Pensi che Dirk abbia ucciso Rose?"

"So che lo ha fatto," disse Kim. "Non voleva perdere neanche un soldo nel divorzio. L'aveva anche detto. Sosteneva che l'unico modo in cui il suo matrimonio poteva finire era con la morte di uno dei due."

Feci cenno a zia Pearl di riempire nuovamente il bicchiere di Kim. Dovevo continuare a farla parlare. "Immagino che abbia avuto quello che voleva. Almeno per un po'."

Mi ricordai del commento di Tyler sul fatto che zia Amber fosse l'unica erede. "Dirk aveva un testamento?"

Kim annuì ma non proseguì.

Io ingoiai l'acqua, il liquidò freddo calmava la mia gola sofferente. "Chi eredita?"

Kim si guardò intorno e abbassò la voce. "Io."

Mi soffocai con l'acqua, sputandola tutto intorno al bancone e aggiungendola alla pozza di liquido verde davanti a noi. La pretesa di Kim era in contrasto con quello che sosteneva Tyler. "Erediti tutto tu?"

Kim aggrottò le sopracciglia. "È quello che mi ha detto l'avvocato di Dirk quando l'ho chiamato per dirgli della sua morte. Sembra che tutti i possedimenti di Rose siano andati a Dirk, ma alla morte di Dirk io avevo diritto a tutto quanto dopo Rose."

Fui un po' sorpresa del fatto che Kim avesse già chiamato l'avvocato. E che l'avvocato gliel'avesse detto. Ma forse gli agenti di Hollywood gestivano diverse cose personali per star famose come Dirk.

Zia Pearl arrivò con un tovagliolo e asciugò il disastro. Prese il bicchiere di Kim e lo sostituì con un nuovo margarita.

Kim ingurgitò subito metà del drink.

O forse la relazione tra Kim e Dirk era qualcosa di più che professionale. "Devi essere stata sorpresa dal suo testamento." Mi sembrò

172

abbastanza strano che avesse appena ereditato milioni e si preoccupasse di aver perso il lavoro.

"Un po'. Ho pensato che forse l'aveva fatto come soluzione temporanea quando Rose aveva chiesto il divorzio ma l'avvocato ha detto di no, Dirk ha cambiato tutto senza consultarlo. Era piuttosto tipico di Dirk ma ancora mi lascia a bocca aperta il fatto che mi abbia lasciato la sua fortuna. Immagino quello che stai pensando, ma tra Dirk e me la relazione era solo professionale. Puoi chiedere a chi vuoi. Non so perché ha lasciato tutto a me. Dirk faceva cose strane come questa, qualche volta. Avevano senso solo per lui."

"Rose aveva chiesto il divorzio?" Se era vero, allora forse la sua morte non era accidentale. Dirk aveva un buon motivo per ucciderla. Oltretutto né la sua morte né la causa per il divorzio erano state riferite dai giornali. Mi girava la testa per tutte queste informazioni contrastanti. Qualcuno, o forse anche tutti, mentiva. Sia Rick che Tyler credevano che l'erede di Dirk fosse Amber. E ora Kim sosteneva diversamente. Quante volte Dirk aveva cambiato il testamento?

Dirk probabilmente contava sulla lealtà di Kim per qualche motivo. O forse sapeva semplicemente che la poteva controllare. Nessun bravo avvocato avrebbe suggerito al cliente un accordo del genere, quindi era ovvio che avesse voluto tenere segreto il cambiamento al suo testamento, non aspettandosi di morire sul serio mentre questa soluzione temporanea era in vigore.

"Chi sapeva che Dirk aveva cambiato il testamento?" Chiesi.

Kim alzò le mani al cielo. "Non ne ho idea. Io di certo non lo sapevo. Forse non lo sapeva nessuno tranne Dirk. Per certe cose teneva molto al segreto."

Facemmo tutt'e due un salto a causa di qualcosa che cadeva dietro al bancone, seguito da vetri rotti. Era caduto un ripiano, mandando bottiglie di liquori costosi in frantumi sul pavimento.

"Ops!" Zia Pearl esaminò il danno, con atteggiamento sospettosamente allegro. "Posso sistemare tutto in un secondo."

Alzai la mano, temendo che stesse per fare qualcosa di non consentito. "Non penserai di..."

Ma zia Pearl stava già bisbigliando l'incantesimo di rewind. "Uno, due, tre... Fa che non sia..."

Kim sembrò non averlo notato. Non che importasse. L'incantesimo di rewind cancellava i ricordi più recenti di Kim e riportava tutto alla situazione di qualche momento prima. La storia si sarebbe semplicemente ripetuta e i momenti cancellati sarebbero stati rivissuti.

Ero infastidita da zia Pearl perché stavo facendo dei progressi con Kim. Odiavo l'idea di dover ricominciare a farle domande da capo. Avevo perso del tempo utile in un momento in cui non ci potevamo permettere nessun ritardo. Ma ricominciai comunque tutto finché raggiunsi lo stesso punto della nostra conversazione.

"Kim, tu e Dirk avevate una relazione?" La guardai attentamente, cercando di cogliere qualche reazione nella sua espressione nel linguaggio del corpo.

"Cosa? No! È così vecchio! So che è una star e tutto quanto, ma ha il doppio dei miei anni! A parte questo, non ruberei mai il marito a un'altra donna." Le parole di Kim erano sempre più strascicate. L'incantesimo di rewind aveva in qualche modo riportato indietro la storia senza restituirle la sobrietà.

"Ma ti ha lasciato tutti i suoi soldi..."

"Ah, quello." Mosse la mano per scacciare il pensiero. "Sono sicura che non vedrò niente. L'ha fatto solo finché non riusciva a pensare cosa fare dopo. Dopo la morte di Rose aveva deciso di lasciare tutto in beneficenza ma non sapeva a quale associazione. Così ha messo il mio nome lì per un mese, finché non avesse deciso. Sono sicura che ci sarà una contestazione."

Un'altra notizia bomba per la seconda volta. La sua risposta era leggermente cambiata prima e dopo l'incantesimo di rewind della zia Pearl. Questo significava che la prima volta stava mentendo.

"E se fosse successo qualcosa mentre lui stava decidendo... Tu avresti ereditato milioni." Se davvero Kim era dietro alla morte di Dirk, aveva avuto davvero poco tempo per mettere in pratica il suo piano. "E in effetti è successo così."

"Mi stai accusando di aver ucciso Dirk? Non ci posso credere."

Kim fece scorrere il dito sul bordo del bicchiere di margarita e leccò il sale dal dito. Fece schioccare le labbra. "Sono l'ultima persona che avrebbe potuto fare una cosa del genere. Alla fine sono l'unica di cui si fidava."

"Quindi eravate amici?"

"Beh, la cosa più vicina all'amicizia, dato che Dirk in effetti non aveva amici. Sono l'unica con cui si confidava. Sapevo cose di lui che non sapeva nemmeno la moglie."

"Cosa, per esempio?" Qualunque fosse la loro relazione, lei non sembrava dispiaciuta che lui fosse morto. Supposi che la promessa di tutti quei soldi avesse alleviato il dolore.

Kim fece qualche secondo di pausa, pensando a cosa dire. "Dirk progettava di fondare una sua società di produzione e fare i suoi film, piuttosto che lavorare per Steven. Questo è il vero motivo per cui faceva così il difficile e voleva andarsene. Cercava di ritardare le cose il più possibile perché non voleva che il film di Steven fosse in concorrenza con quello che la sua nuova società stava per fare."

"Lasciami indovinare… Un nuovo thriller d'azione?" Mi ritornarono in mente i sospetti di Rick Mazure riguardo Steven Scarabelli. Forse c'era qualcosa di vero.

"Già." Kim si piegò all'indietro sullo sgabello, perdendo quasi l'equilibrio prima di afferrarsi al bancone per rimettersi dritta. Qualunque sentimento provasse la gente per Dirk, la sua morte aveva provocato un desiderio universale di ubriacarsi.

"Qualcun altro è a conoscenza della nuova società di Dirk?" Di nuovo, i fatti puntavano verso Steven. Se, in realtà, era a conoscenza del tradimento di Dirk.

Kim alzò le spalle. "Ne dubito. Dirk voleva mantenere il segreto finché fosse pronto al lancio."

"Peccato che non sia vissuto abbastanza a lungo per farlo," dissi. "Forse questo lo avrebbe risparmiato."

"Non vedo come questo potrebbe avere qualcosa a che fare con le loro morti." Kim sembrava quasi offesa personalmente. Come probabile ereditiera dei milioni di Dirk non avrebbe detto niente che potesse incriminarla.

"E se lo avesse saputo qualcuno?" Non pensavo potesse essere una coincidenza. "Dirk se ne va e un bel po' di persone perdono il lavoro. Dirk ha un sacco di nemici. Magari anche qualcuno che vuole ucciderlo. Ti viene in mente qualcuno che potrebbe mettere in pratica il progetto?"

"Non vorrei dirlo ma qualcuno c'è." Kim abbassò la voce. "Amber West lo ha minacciato riguardo i ruoli nel film. Sembrava pensare che lui le dovesse dei favori o qualcosa del genere. Lei ha sempre mostrato un caratteraccio se non riesce a ottenere quello che vuole. Quella donna è un bel tipo."

"Mhmm." Nascosi la sorpresa meglio che potei. Volevo solo che Kim continuasse a parlare ma mi faceva soffrire sentire che cercava di buttare la colpa addosso a qualcun altro, in particolare mia zia. A sentire i suoi commenti, non aveva idea che fosse mia parente, né che zia Pearl e zia Amber fossero sorelle.

Zia Pearl si avvicinò piano piano pulendo il bancone con uno straccio. "Amber è semplicemente appassionata di recitazione. È un'attrice così dotata."

Mi accigliai con zia Pearl. I suoi commenti esagerati avrebbero sicuramente provocato Kim.

Kim le fece un cenno e poi si girò verso di me. "Più ci penso, più sono sicura che sia stata Amber. Quella donna è un po' folle. Sembra una cara vecchia signora ma è davvero cattiva."

Sembrava che tutti puntassero il dito verso zia Amber ma non poteva essere. Non aveva avuto tempo di uccidere Dirk e sembrava essere sinceramente sorpresa quando avevamo scoperto il cadavere di Steven nella sua stanza. Non poteva essere vero ma allo stesso tempo mi preoccupava. Amber aveva ammesso di essere al piano di sopra più o meno all'ora in cui Steven era stato ucciso.

Non riuscivo a ricordare se Kim fosse stata in sala da pranzo quando zia Amber aveva fatto la sua falsa confessione ma avrebbe potuto esserci. O forse l'aveva sentito da qualcun altro.

"Fammi capire bene. Tu pensi che Dirk abbia ucciso Rose e Amber abbia ucciso Dirk? Qual è il movente?" Soprattutto dato che era Kim che ereditava tutti i soldi di Dirk, avrei voluto aggiungere.

"Chi lo sa? Amber è vecchia e pazza." Kim fece girare il dito indice vicino all'orecchio. "Farebbe qualunque cosa per ottenere quello che vuole."

"Amber non è vecchia!" Il volto di zia Pearl era diventato rosso. Zia Pearl era la più anziana delle tre sorelle, aveva qualche anno in più di zia Amber. Se Amber era vecchia, lei era ancora più vecchia.

Kim si accigliò. "Certo che lo è... Deve avere almeno sessant'anni. Penso che certa gente non si intenerisca con l'età. Sapevi che ha lanciato una sedia contro Steven? Era così cattiva con lui, e lui comunque la teneva come extra. Questo è il tipo di persona che era Steven. Leale fino alla fine."

Come extra?

All'improvviso mi resi conto che Kim aveva completamente cambiato l'oggetto della conversazione per concentrarsi su zia Amber invece di lei. Mi balenò anche l'idea che se Dirk faceva i suoi film, non aveva più bisogno di un agente per procurargli ruoli come attore. Forse Kim era più coinvolta di quello che lasciava intendere.

E, nonostante le sue pretese riguardo zia Amber, aveva fornito informazioni nuove e importanti che, se erano vere, avrebbero scagionato definitivamente zia Amber. Ma temevo che una zia Amber a piede libero potesse fare più danni che altro.

CAPITOLO 30

Kim si alzò e afferrò la borsetta dal bancone. "Ne ho avuto abbastanza di questa schifo di città. Ci vediamo da qualche altra parte." Prese il portafogli e ne tirò fuori alcune banconote che lasciò sul bancone.

Zia Pearl, che stava ripulendo il bicchiere rotto lì vicino, la chiamò. "Aspetta... Hai dimenticato qualcosa!"

Zia Pearl alzò una collana. "Questa deve esserti caduta."

Kim tornò sui suoi passi e afferrò la catena d'argento. La studiò per un momento prima di aprire il fermaglio e farne uscire il pendente.

Rimasi a bocca aperta quando lo riconobbi. Non era affatto un pendente, era semplicemente un anello con sigillo d'argento che pendeva lungo la catena. "Dove hai trovato quello?"

Kim fece un gesto con la testa verso l'estremità opposta del bancone. "Chiedi a quel tizio." Tolse l'anello e lo fece rotolare lateralmente lungo il bancone.

Rick Mazure saltò su dal suo posto e corse verso la metà del bancone, dove l'anello si era fermato per un attimo prima di cadere. Richiuse la mano sull'anello e lo raccolse.

"Quello è tuo?" Camminai lentamente verso di lui mentre

mandavo un messaggio a Tyler sul cellulare. Avevo appena iniziato a digitare quando si aprì la porta del bar.

Tyler entrò, senza essere notato da Rick o dagli altri avventori.

Rick infilò l'anello in tasca. "Certo che è mio."

"Assomiglia molto all'anello del mio ragazzo. Fammelo vedere." Rick non sapeva che Tyler era il mio ragazzo. Dovevo riuscire a farlo restare abbastanza a lungo perché Tyler arrivasse, così inventai una lunga storia su come avessi comprato l'anello per il mio ragazzo e lui lo perdesse in continuazione.

Rick estrasse l'anello dalla tasca. "Questo è proprio il mio. Vedi la lettera R? È la prova."

Tyler era entrato in silenzio avvicinandosi alle nostre spalle.

"Certo che è una prova," dissi. "Hai ucciso Dirk Diamond e quest'anello è la prova. È tutto registrato su pellicola."

"Cosa? Sei pazza." Rick mi guardò storto. "Cosa succede in questa città di squilibrati? Ho detto a Dirk che non saremmo mai dovuti venire qui. È stata tutta un'idea di Steven, influenzato da quella fuori di testa di Amber."

"Io penso che tu abbia detto a Dirk proprio il contrario," dissi. "Quale posto migliore per ucciderlo di un paesino con quattro gatti e pochi poliziotti?"

Zia Pearl si allungò per spegnere la musica. Non che fosse necessario, dato che ormai tutti nel locale avevano sentito la nostra conversazione. Molti di loro si erano già alzati dalla sedia e camminavano verso di noi increduli.

Lanciai un'occhiata a Tyler.

Lui annuì e si spostò tra Rick e la porta. "Rick Mazure sei in arresto per l'omicidio di Dirk Diamond e Steven Scarabelli." Lesse a un Rick senza parole i suoi diritti.

"Non starai mica ad ascoltare lei, vero?" Rick imprecò sottovoce.

Gli sorrisi. "Erano tutti frustrati dalle ridicole pretese di Dirk e dal modo in cui trattava la gente," dissi. "Ma nessuno quanto te. Dirk ti trattava peggio di tutti gli altri. Lavoravi come un cane con le sue pretese di revisione e lui non ti ha mai nemmeno ringraziato."

Alzò le spalle. "Era uno stronzo, e allora? Sapevamo tutti che era così e Steven ci pagava bene. Perché avrei ucciso la gallina dalle uova d'oro?"

"Eri frustrato con tutti i cambiamenti dell'ultimo momento," disse Tyler. "Chi potrebbe biasimarti? Mentre tutti stavano seduti ad aspettare che le ultime richieste di Dirk si trasformassero in cambiamenti alla sceneggiatura, tu dovevi scrivere in fretta e furia. Ti faceva lavorare quasi allo sfinimento, non è vero?"

Rick alzò le spalle. "È il mio lavoro. Dopo tutto, Dirk era la star dello spettacolo. Le star si devono rendere felici."

"Ma tutti hanno un limite, Rick. Il tuo è arrivato quando tu e Dirk avete lavorato a un progetto insieme. Lui ha dato il via alla sua società di produzione e ti ha assunto per scrivere la prima sceneggiatura. Hai lavorato giorno e notte per scriverla, oltre al tuo lavoro di tutti i giorni, ma alla fine Dirk l'ha rifiutata."

Rick arrossì ma non rispose.

"Quella è stata l'ultima goccia, vero?" Chiese Tyler. "Dirk era un ingrato. Ti ha ingannato ma tu ti sei vendicato scrivendo il suo omicidio nella sceneggiatura."

"No, non avete capito niente. Io ho dato il via alla mia società e stavo progettando di andarmene..."

Tyler scosse la testa. "Ti è venuta quell'idea solo dopo aver ucciso Dirk. Ma le cose si sono complicate quando Steven è diventato sospettoso riguardo le armi e il frettoloso cambiamento dai coltelli alle pistole. In quel momento ha cominciato a chiedersi che cosa stava succedendo."

Rick alzò una mano per protestare. "Steven era troppo impegnato per occuparsene. Mi ha chiesto di parlare direttamente con Dirk."

Tyler continuò. "C'era un altro problema con le pistole. Steven sapeva che le pistole erano caricate a salve. Bill aveva le sue colpe ma Steven aveva lavorato con lui abbastanza a lungo per sapere che non avrebbe mai consentito una pistola carica sul set."

Bill annuì dalla sua posizione a qualche metro di distanza. Tutti avevano lasciato i posti a sedere e formato un semicerchio attorno a noi.

Rick scosse la testa. "Steven doveva approvare tutte le revisioni. Sapeva dei cambiamenti."

"No, non è quello che è successo," dissi. "Tu sapevi che non avrebbe letto in anticipo perché si fidava di te. Steven era troppo occupato a cercare di far firmare a tutti il contratto e non aveva tempo di guardare ogni singolo cambiamento della sceneggiatura. L'ho sentito io che ti diceva di procedere."

Tyler annuì. "Anche se Steven non aveva approvato la tua revisione, era evidente che il cambiamento da coltelli a pistole era abbastanza significativo. Steven sapeva che non era qualcosa che aveva chiesto Dirk. I cambiamenti di Dirk riguardavano soprattutto il fatto di fargli fare bella figura, non qualcosa di così materiale come le armi utilizzate."

"No! Non capite niente," protestò Rick. "Dirk chiedeva le cose più assurde e io dovevo scriverle nella sceneggiatura."

"Steven ti ha affrontato, vero?" Tyler non aspettò la risposta. "Sapendo cosa avevi fatto, stava per denunciarti. Non avevi altra scelta se non ucciderlo. In quel modo nessun altro avrebbe scoperto che tu avevi ucciso Dirk. Sei andato nella stanza di Steven e lo hai trovato da solo."

Rick si chinò e seppellire il volto tra le mani. Singhiozzò senza controllo. "Steven era mio amico."

"Ma quello che ti ha tradito è stato il tuo anello con sigillo," dissi. "Lo indossavi quando hai sparato a Dirk. Te ne sei liberato perché avevi paura che fosse sporco di residui di polvere da sparo. Così lo hai regalato a Kim."

Rick rimase a bocca aperta. Non poteva negare che era suo dopo averlo affermato appena prima.

Kim impallidì e si portò la mano al petto. "No!"

"Poi hai cercato di incastrare un uomo morto dandogli la colpa della morte di Dirk e accusando Amber di aver ucciso Steven. Per tua sfortuna il tuo piano non era ben congegnato come la trama dei tuoi film." Tornai con la memoria alla mattina in cui stavo trasportando i vestiti di zia Amber. Era stata la prima volta che avevo visto l'anello di Rick, anche se me ne ero dimenticata fino a quel momento.

181

"Ora ha tutto un senso," disse Bill. "La pistola mancante e i ridicoli cambiamenti come il cavallo e le pistole. Non ho avuto scelta se non lasciare le attrezzature incustodite. Altrimenti le riprese avrebbero dovuto ritardare. Questo ha lasciato a Rick tutto il tempo di rubare una pistola e caricarla con vere munizioni."

"Nel momento in cui Dirk si sarebbe reso conto che i cambiamenti erano incasinati, sarebbe stato morto." Arianne asciugò una lacrima dalla guancia. "E noi eravamo tutti così ansiosi di girare questa scena da essere così agitati. Immagino sia per quello che ho dovuto trovarmi una pistola nella scatola delle attrezzature." Fece un cenno di comprensione verso Bill.

"Rick ha riscritto la scena per aggiungere altre pistole come diversivo." Tyler prese le manette dalla giacca e le mise ai polsi di Rick. Fece girare Rick e gli puntò contro un dito. "Hai pensato che la scena dell'inseguimento con la sparatoria avrebbe nascosto la vera pallottola che avevi sparato ma hai fatto un grande errore. Non hai tenuto conto della traiettoria della pallottola. Rispetto al punto dove Dirk è stato colpito, non veniva dal set ma dall'altra parte della strada."

"Immagino che tu abbia pensato che nessuno se ne sarebbe accorto," dissi. "Ma a Bill non era sfuggita la mancanza di una pistola. Non potevi rimetterla nella sua cassetta senza essere scoperto. Hai avuto il tempo solo di buttarla nel grande scatolone delle attrezzature."

"Perché lo hai fatto, Rick?" Bill scosse la testa. "Avevamo tutti un buon affare per le mani."

Rick si lanciò verso Bill in modo scoordinato, incapace di mantenere l'equilibrio con le manette. Tyler si mise tra loro.

"Perché? Perché io non rubo e penso che i ladri debbano pagare. Dirk aveva rubato la mia idea di una nuova serie che avevo scritto per lui. Aveva promesso che mi avrebbe fatto diventare ricco ma quando ho scritto la sceneggiatura lui semplicemente me l'ha presa e mi ha tagliato fuori dall'affare. Aveva appena concluso un accordo multimilionario per una serie televisiva che io avevo scritto ma non mi voleva pagare." Il volto di Rick si fece rosso di rabbia. "Sono state le mie sceneggiature a renderlo una star all'inizio e cosa ho ottenuto?"

"Sono sicura che alla fine ti avrebbe pagato." Ne dubitavo io stessa ma volevo calmare un po' la situazione.

Rick scosse la testa. "No. Non solo aveva tolto il mio nome dai credit ma sosteneva di averla scritta lui stesso! Non era altro che un ladro, un comune criminale."

"Ma lui era una star di tale importanza," disse zia Pearl. "Non aveva bisogno della tua stupida sceneggiatura."

Rick divenne ancora più rosso. "Le mie stupide sceneggiature sono quello che all'inizio l'ha fatto diventare famoso. Senza di me, non sarebbe stato nessuno."

CAPITOLO 31

Seguii Tyler nella mia Honda mentre lui portava in prigione Rick in manette.

Solo che la cella era già occupata... Da una zia Amber insolitamente coscienziosa. Era ritornata mentre eravamo al Witching Post. Ed evidentemente si era richiusa in cella. Afferrò le sbarre con entrambe le mani imprecando sottovoce. "Non posso credere di essermi persa tutta l'azione."

Tyler mi passò le chiavi e io aprii la porta. Presi zia Amber per mano e l'accompagnai fuori dalla cella in modo che Tyler ci potesse mettere dentro Rick. "Tu vieni con me."

La guidai fuori dalla porta e verso la parte esterna dell'ufficio.

"E ora cosa succede?" Zia Amber si tamponò una lacrima. "Tutto quello per cui ho lavorato se n'è andato. Il film non si farà mai."

"Tu eri stata aggiunta all'ultimo minuto," precisai. "Non è che hai investito più di tanto in quel film. Voglio dire, hai usato la stregoneria per memorizzare la tua parte."

Alzò le spalle. "Solo perché sono dotata naturalmente, questo non vuol dire che è stato facile. Sono dovuta venire qui da Londra. Ho dovuto rifiutare i dolci di Ruby tutta la settimana per mantenermi in forma. Tutta quella sofferenza per niente."

Avrei potuto ribattere che non aveva sofferto per niente ma non sarebbe servito. Invece le diedi un colpetto sul braccio. "Mi dispiace, zia Amber. Cosa posso fare per tirarti su?"

Sbatté le ciglia e smise di piangere. "So che il film non è sul punto di uscire, ma non potremmo avere una festa di chiusura?" Fece il segno delle virgolette con le dita. "Non è colpa nostra se non abbiamo potuto finire di girare."

"Non so. Sembrerebbe poco delicato considerato che Dirk, Rose e Steven sono morti prematuramente." Il medico legale di Los Angeles aveva confermato che la morte di Rose era dovuta davvero a un aneurisma cerebrale. Dirk non l'aveva uccisa. Nessuno l'aveva uccisa. Era solo una coincidenza tremenda e tragica il fatto che marito e moglie che lavoravano allo stesso film erano anche morti a pochi giorni di distanza uno dall'altra. Il divorzio all'inizio era sembrato un movente ma ogni evento sembrava avere cause diverse.

Almeno una delle morti misteriose aveva una spiegazione naturale. Non proprio buone notizie, solo meno cattive.

"Ci ho pensato." Sembrava mortificata. "E se cambiassimo il titolo del film? E aggiungessimo qualche altra scena?"

"Non è una buona idea," dissi. "Hai appena evitato un'accusa di omicidio. Forse dovresti mettere da parte per un po' la tua carriera di attrice e mantenere un profilo basso."

Zia Amber si illuminò. "Avremo un memoriale con tappeto rosso proprio qui in città. Tutti quelli che contano a Hollywood saranno invitati a Westwick Corners. Sarà l'evento della stagione."

"È quello che avrebbero voluto Dirk o Steven?" Mi accigliai, pensando che zia Pearl avrebbe potuto dar fuoco a Main Street se fossero arrivati nuovi visitatori.

Zia Amber alzò le spalle. "Chi lo sa? Non sono qui a dircelo."

"Hai ragione, non ci sono. Lasciamo che decidano le loro famiglie," dissi.

"Questo sembra così... Non finito." Sospirò zia Amber. "La mia possibilità di vincere un Oscar se n'è andata per sempre."

"Ai miei occhi sarei sempre una star." Forse stavo un po' esagerando ma non avevo proprio capito perché zia Amber avesse messo da parte i suoi poteri soprannaturali per una carriera di attrice. Era già una stella del mondo magico.

Supposi che anche una strega come zia Amber avrebbe potuto volere cose che non poteva avere, senza pensare al fatto che già aveva tutto. "La fama non è poi quella gran cosa."

"Hai ragione, Cen. Tutti i paparazzi, i fan... Meglio essere persone normali." Sospirò. "Tornerò alla mia vita normale. Almeno sono una donna libera."

"E mi hai aiutata ad avere una storia esclusiva. Sono stata l'ultima giornalista parlare con Steven Scarabelli. In effetti, ho già avuto qualche chiamata dai media di Hollywood." Era una bugia che intendeva farla divertire, ma mi pentii all'istante delle mie parole.

Zia Amber si sistemò i capelli. "Davvero? Digli di chiamare me. Ho qualche succoso pettegolezzo di Hollywood da raccontare."

Si aprì la porta dell'ufficio e Mamma e zia Pearl entrarono.

"Ho sentito la notizia." La mamma abbracciò zia Amber. "Mi dispiace che il tuo ruolo nel film non abbia funzionato."

"Sì, mi dispiace." L'unica cosa di cui zia Pearl sembrava scusarsi era di doversi scusare.

"È tutto a posto. Dopotutto non mi pagavano abbastanza. Con tutto quello che è successo penso che potrei ottenere un accordo migliore." Zia Amber stava chiaramente dando fondo al suo nuovo status di celebrità

Tyler comparve nell'ufficio e io mi avvicinai a lui. Gli sussurrai nell'orecchio: "fai un po' di scena riguardo il suo rilascio, d'accordo?"

Zia Amber era già nell'atrio.

"Non preoccuparti, Cen. Metà della stampa di Hollywood è già davanti all'edificio. Sono comparsi qualche minuto fa dopo che ho chiamato Brayden per dirgli dell'arresto di Rick Mazure." Tyler chiuse a chiave la porta alle nostre spalle mentre ci dirigevamo nell'atrio.

Sorrisi. "Immagino che sia perché le buone notizie volano."

Tyler rise. "Non ho mai pensato che l'adulazione fosse così importante per Amber. Non avrebbe dovuto portarci su una falsa pista solo per attirare l'attenzione. Voglio dire, potrebbe far apparire una folla ogni volta che vuole."

"Vero," dissi. "Ma zia Amber non ha idea che la folla sia qui per l'arresto di Rick Mazure… Non per il suo rilascio. Per questo questa folla è così importante per lei. È reale, non qualcosa che ha creato. Per quello che la riguarda, non c'è niente come essere scagionata da un omicidio per attirare l'attenzione."

CAPITOLO 32

*I*l sole della tarda mattinata ci scaldava le spalle mentre Mamma e io stavamo vicino ai gradini del municipio. Allungavamo il collo per vedere oltre la folla dei giornalisti la gente che aspettava zia Amber. Aveva all'improvviso raggiunto la fama cui aspirava, anche se in un modo che probabilmente non avrebbe mai immaginato.

Gli eventi del giorno prima sembravano ormai un ricordo, anche se l'ultima parte doveva ancora essere ripetuta.

Zia Amber aveva insistito per ripetere la scena del suo rilascio a tarda notte insieme a una conferenza stampa e, stranamente, Brayden aveva acconsentito. Sembrava che la recita di mia zia aggiungesse interesse a quella che altrimenti sarebbe stata una conferenza stampa noiosa. E, nessuna sorpresa, Brayden si sarebbe vantato dell'arresto di Rick Mazure e della liberazione della mia povera zia, dimostratasi innocente.

Perlustrai i gradini del municipio ma non vidi traccia di zia Amber o Tyler. Lui aveva trovato che le scene di Brayden fossero divertenti ora che il suo lavoro era di nuovo al sicuro. Tyler aveva scansato la pallottola, per così dire. Speravo solo che la nostra fortuna sarebbe durata in modo da non avere altre sorprese dal mio ex fidanzato.

Non era ancora uscito nessuno dall'edificio dove il sindaco Brayden Banks aveva organizzato in fretta una conferenza stampa. C'erano pulmini delle televisioni principali e giornalisti in piedi davanti alle telecamere con le luci accese. C'erano quasi tante luci e telecamere quante ce n'erano state durante le riprese del film.

Nonostante la luce del sole, la potente illuminazione cancellava ogni ombra della mattina che stava terminando e illuminava l'entrata del municipio più di Times Square il giorno di Capodanno. Sembrava quasi che fossimo tutti parte di un reality show da poco, aspettando un ingresso importante o uno stravolgente cambio di programma.

Strizzai gli occhi e mi concentrai sulle porte del municipio attraverso le luci brillanti, le attrezzature da ripresa e il chiacchiericcio degli operatori e dei giornalisti che ci bloccavano la visuale. Non si trattava solo di giornalisti locali: a parte qualche reporter di Shady Creek, riconobbi l'intrattenitore di un popolare show televisivo di Hollywood. Si stava facendo ritoccare il trucco e sembrava stranamente fuori posto in giacca e cravatta.

Abbassai lo sguardo sui miei vestiti stropicciati, sentendomi all'improvviso sporca e stanca. Le ultime ventiquattro ore erano state folli, al minimo. Ma finalmente la storia aveva avuto una conclusione e ne ero contenta. Le accuse contro zia Amber erano cadute, Rick Mazure era in galera e Tyler era riuscito a mantenere il lavoro, o almeno credevo che fosse così.

Qualunque cosa avesse fatto il sindaco Brayden Banks, almeno aveva assaggiato un po' di umiltà.

"Sta arrivando," sussurrò qualcuno. Ci furono mormorii, affanni e affaccendamenti mentre tutti prendevano posizione. Le porte del municipio stavano per aprirsi.

La mamma allacciò il suo braccio al mio. "Sembra che alla fine Amber sia riuscita ad avere il suo quarto d'ora di celebrità. Mi piacerebbe solo che non lo avesse avuto a un tale prezzo."

Annuii. "Non c'è niente come essere scagionati da un omicidio per avere il tuo nome sui giornali. Penso che qualunque pubblicità sia buona pubblicità."

"Avrei voluto che non avesse desiderato così tanto di essere una star del cinema," disse la mamma. "Nessuno sarebbe venuto a West-wick Corners per fare un film; magari non sarebbe successo niente di tutto questo e Dirk e Steven sarebbero ancora vivi."

"Non è così."

Feci un salto al sentire la voce alle mie spalle.

"Non avrebbe fatto molta differenza." Nonna Vi galleggiava davanti a noi. "Rick avrebbe lavorato con Dirk in un altro posto o momento. E lo avrebbe ucciso. Dovresti sapere che non si può cambiare il destino. Tutto quello che cambia sono i dettagli ma mai il risultato."

Zia Pearl annuii. "Il karma qualche volta è una carogna."

All'improvviso le grandi porte del municipio si aprirono e io vidi un lampo di capelli rossi mentre zia Amber si mostrava. Sembrava così piccola in confronto alle grandi porte. Era fiancheggiata dal sindaco Brayden Banks da una parte e dallo sceriffo Tyler Gates dall'altra. Si fermarono all'esterno delle porte, in cima alle scale e di fronte alla folla.

Zia Amber indossava un vestito da sera lungo bianco, con guanti fino al gomito in stile Anni Cinquanta. Concesse alla folla un saluto da regina e si girò lentamente da sinistra a destra. "Grazie a tutti per avermi sostenuta. Finalmente sono libera."

Devo aver sbuffato un po' troppo forte perché la gente davanti a noi si girò.

"Basta recite per oggi," disse zia Pearl. "Ho avuto abbastanza emozioni in un giorno solo."

"Che sfacciata!" Gridò nonna Vi. "Deve essere sempre al centro dell'attenzione. Probabilmente cerca un riscatto al fatto di essere la figlia di mezzo."

Zia Amber approfittava del suo momento sotto i riflettori, per quello che poteva valere, rispondendo alle domande dei giornalisti, mettendosi in posa per le telecamere. La vicenda era giunta a una conclusione. C'erano voluti due omicidi, una falsa confessione e sindaco e sceriffo messi in secondo piano, ma alla fine aveva avuto il suo momento di gloria.

Tuttavia non era più ricca in termini di soldi. La pretesa di Rick che Amber fosse l'erede della fortuna della famiglia Diamond era falsa, una bugia pensata per portare le indagini in una falsa direzione. Aveva anche creato una nuova versione del testamento di Dirk per incastrare zia Amber. Tyler aveva smascherato la sua bugia con la conferma dell'avvocato di Dirk. Il fatto che zia Amber non avesse ereditato probabilmente era la cosa migliore, dato che quella quantità di denaro avrebbe sicuramente portato problemi.

L'immagine fantasma di nonna Vi volteggiava rapidamente avanti e indietro, chiaramente innervosita. "Perché Amber si prende tutti i meriti? Ha forse portato un po' di fama a Westwick Corners, ma alla fine è tutto merito mio."

Mi guardai di fianco per osservare la reazione di zia Pearl ma era scomparsa.

"Come, nonna?" Era perfino più sensibile come spirito di quando era viva. Essere invisibile a chiunque tranne la sua stessa famiglia la rendeva insicura, immagino. Pensava che nessuno la notasse.

"Ho risolto l'omicidio di Dirk."

Rimasi a fissarla.

"Okay. Ti ho indicato l'assassino."

"No, non l'hai fatto," dissi. "Mi hai attirata con delle tracce, ma non mi hai mai fatto avere alcun dettaglio. Tyler e io abbiamo risolto il caso da soli."

"Come puoi dire una cosa simile, Cen? Io sono l'unica ragione per cui l'assassino è dietro le sbarre."

"Quando alla fine mi hai detto quello che sapevi, era troppo tardi." Mi accigliai. La nonna aveva nascosto di proposito delle informazioni per un'indagine di omicidio. Mi faceva ancora infuriare. "Oltretutto, mi hai detto che c'erano due persone, un uomo e una donna. Quella parte non era vera. Rick era l'unico assassino."

"Non volevo rendertela troppo facile," scattò nonna Vi. "Volevo mettere alla prova la tua capacità di ragionamento."

"Non è un gioco, nonna."

"Non litigate," disse Mamma. "La cosa importante è che Rick Mazure non farà più del male a nessuno. Resterà rinchiuso per parecchio tempo."

"Va bene, forse hai avuto una piccola parte nel risolvere il caso, Cen, ma non saresti mai riuscita a risolverlo senza le mie indicazioni." L'aura della nonna divenne di un color violetto. "Dovrei essere io l'unica che riceve complimenti, non Amber."

"Sei solo gelosa," disse Mamma. "Oltretutto, come si potrebbe darti credito? Sei un fantasma, ti ricordi?"

Nonna Vi sembrò confusa.

"Nessuno può vederti o sentirti tranne noi, nonna," precisai.

Sembrava che non ci avesse sentite. Nonna Vi incrociò le braccia. "Vorrei solo che tutti la smettessero di ignorarmi. Non ho chiesto io di essere invisibile. Mi piacerebbe che Amber riconoscesse di chi è il merito."

Non avevo mai visto nonna Vi così sconvolta. Come fantasma, non poteva piangere, ma la sua immagine era sbiadita ed era diventata di un colore azzurro chiaro. "Mi dispiace davvero, nonna. Come possiamo riuscire a consolarti?"

La sua apparizione di fantasma si illuminò. "Forse si potrebbe andar fuori per una bella cena in famiglia?"

Sospirai. Nonna Vi non riusciva ad accettare il suo status di fantasma. "Certo, perché no? Tu scegli il posto e io prenoto." Il suo suggerimento era ancora più ridicolo dato che i fantasmi non possono mangiare. Ma non avevo intenzione di discutere con lei.

Saltai sentendo un'esplosione a qualche metro di distanza.

Girai la testa in direzione dello scoppio quando vidi dei fuochi d'artificio sopra la testa. Il frastuono di suoni e luci sembrava venire da ogni direzione.

Non l'avevo nemmeno vista andare via, ma aveva la capacità di essere così sfuggente.

Zia Pearl ci stava salutando dal tetto del municipio. Ridacchiava come una folle, facendo schioccare le dita a tempo con ogni scoppio. Una cascata di fuochi d'artificio di tutti i colori ci piovve addosso come al 4 luglio.

"No!" La nonna mostrò il pugno verso zia Pearl. "Basta, Pearl! Scendi dal tetto prima di farti male!"

Alzai gli occhi al cielo. Avrei dovuto immaginare che zia Pearl avrebbe superato zia Amber e che la cosa in qualche modo avrebbe avuto a che fare con il fuoco. La loro rivalità di sorelle non conosceva confini e nonostante la mamma fosse la più giovane, spesso doveva intervenire per separarle.

"Vedi come si fa, Bill?" Gridò zia Pearl dal tetto. "Le tue attrezzature hanno bisogno di più brio."

Nessuno sembrava sentirla con tutto quel rumore. Soprattutto ero contenta che non la sentisse Bill. Altrimenti avremmo potuto finire con un altro assassinio per le mani.

Osservai la folla tutto intorno. Sembravano tutti rapiti dal discorso di zia Amber. Quasi ipnotizzati. Sospettai che avesse usato un po' di magia.

Zia Amber si fermò all'improvviso a metà di un discorso, confusa dai fuochi d'artificio che chiaramente non facevano parte del suo incantesimo. Zia Pearl non era visibile dai gradini del municipio quindi lei doveva aver immaginato che lo spettacolo pirotecnico facesse parte dei festeggiamenti.

Riprese subito a parlare. "Oggi è il nostro giorno per festeggiare la vita di due uomini innocenti."

La mia mente stava divagando mentre zia Amber continuava la sua tiritera, decisa a guadagnarsi più spazio possibile in onda.

"Come ho fatto a finire con due sorelle così pazze?" La mamma scosse la testa. "Dovrebbero davvero riuscire a darsi una calmata e a comportarsi come la loro età richiede. Amber si sta rendendo ridicola e Pearl gioca col fuoco."

Folle o no, almeno dalle sue sceneggiate era uscito qualcosa di buono. Zia Amber aveva portato il business del cinema in città, e questa era sicuramente una cosa positiva per il Westwick Corners Inn. Nonostante la tragedia, i dirigenti di Hollywood avevano deciso che lo spettacolo doveva continuare. E avrebbero anche pagato il conto. Lo studio aveva già trovato nuovi talenti per i ruoli principali e le riprese sarebbero ricominciate entro due settimane.

Senza zia Amber.

Le comprammo un biglietto per le Hawaii.

Zia Pearl aveva anche scoperto uno sfogo alla sua piromania e io sospettai che avrebbe chiesto scusa a Bill nella speranza che lui la assumesse... Di nuovo. Mia zia non ammetteva mai di aver sbagliato e io ero piuttosto orgogliosa di lei. Almeno stava cercando di ripartire da capo.

Zia Amber finì il suo discorso e passò il microfono a Brayden.

Fu una cosa impercettibile ma Brayden diede una pacca sulla spalla a Tyler. "Grazie, sceriffo Gates, per il grande lavoro di polizia e per mantenerci al sicuro. Grazie al tuo lavoro di indagine, un assassino senza scrupoli stasera è dietro le sbarre. Siamo tutti grati."

Anche nonna Vi era al centro dello spettacolo. Volteggiava tra i gradini davanti ai due uomini.

Io battei le mani. Mamma fece lo stesso e ben presto altri nella folla ci seguirono.

"Brava miss West," gridai.

Nonna Vi risplendeva. La sua forma trasparente prese una deliziosa sfumatura dorata con le luci che le si riflettevano contro. Almeno in quel momento non pensava al fatto di essere invisibile e che invece gli applausi erano per zia Amber.

Anche zia Amber la notò. Sorrise a sua madre e tornò verso il microfono. "Abbiamo finito." Discese lentamente le scale del municipio, godendosi il momento.

Tyler seguì restando un po' indietro e nonna Vi volteggiò dietro di loro.

La mamma sospirò. "Non mi sarei mai aspettata che la vita reale potesse essere più eccitante di un film di Hollywood. Soprattutto non a Westwick Corners."

Zia Amber cinguettò: "non c'è business come lo show business," mentre si avvicinava a noi.

"Sei stata grande lassù," dissi. "È un peccato che il film non sia andato avanti. Secondo me ha attirato troppa sfortuna."

"No, Cen. Le streghe la fortuna se la costruiscono." Mi fece l'occhiolino.

"Cosa dovrebbe significare?" Mi accigliai. "Lascia perdere. Non voglio saperlo."

"Spero che ti sia tolta il tarlo della recitazione ora, Amber."

Mamma represse uno sbadiglio. Erano state ventiquattr'ore frenetiche.

"Oh, no di sicuro, Ruby. Il meglio deve ancora arrivare." Amber sorrise, uno sguardo distante nei suoi occhi. "Sarò ricca e famosa. Aspettate e vedrete."

* * *

TI È PIACIUTO *"La notte delle streghe?"* Puoi proseguire la lettura con *"I doni delle streghe"*, il prossimo titolo della serie.

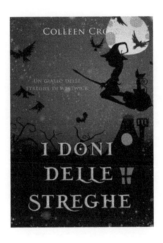

VOLETE ESSERE i primi a sapere quando escono nuovi volumi? Registratevi sul sito
Newsletter:
http://eepurl.com/c0jCIr
Sito:
www.colleencross.com

NOTA DELL'AUTRICE

Se vi è piaciuto *La notte delle streghe*, consigliatelo ai vostri amici e lasciate una breve recensione. Bastano una o due frasi e il passa parola è il miglior amico di uno scrittore!

La notte delle streghe è il terzo volume nella serie dei *Gialli delle streghe di Westwick* e ho in mente molti altri libri. Se voi lettori continuate ad apprezzare le mie storie, io continuerò a scriverle.

Volete essere i primi a sapere quando escono nuovi volumi? Registratevi sul sito

Newsletter:

http://eepurl.com/c0jCIr

Sito:

www.colleencross.com

Ho anche diverse altre serie di gialli e thriller che vi potrebbero piacere. Scoprite tutto sui miei libri sul sito www.colleencross.com

Grazie mille per avermi letta!

Colleen Cross

ALTRI ROMANZI DI COLLEEN CROSS

Trovate gli ultimi romanzi di Colleen su www.colleencross.com

Newsletter: http://eepurl.com/c0jCIr

I misteri delle streghe di Westwick

Caccia alle Streghe

Il colpo delle streghi

La notte delle streghe

I doni delle streghe

Brindisi con le streghe

I Thriller di Katerina Carter

Strategia d'Uscita

Teoria dei Giochi

Il Lusso della Morte

Acque torbide

Con le Mani nel Sacco – un racconto

Blue Moon

Per le ultime pubblicazioni di Colleen Cross: www.colleencross.com

Newsletter:

http://eepurl.com/c0jCIr